LA
CROIX DU MEURTRE,

DERNIER ROMAN

D'AUGUSTE LAFONTAINE,

TRADUCTION LIBRE

PAR Mme ÉLISE VOÏART,

AUTEUR DE LA FEMME, OU LES SIX AMOURS.

TOME SECOND.

PARIS,

DELONGCHAMPS, ÉDITEUR-LIBRAIRE.

RUE HAUTEFEUILLE, N° 3o.

1831.

IMPRIMERIE DE PLASSAN ET CIE.

LA

CROIX DU MEURTRE,

II.

IMPRIMERIE DE PLASSAN ET Cie,
Rue de Vaugirard, n° 15.

LA
CROIX DU MEURTRE,

DERNIER ROMAN

D'AUGUSTE LAFONTAINE,

TRADUCTION LIBRE

PAR Mᵐᵉ ÉLISE VOÏART,

AUTEUR DE LA FEMME, OU LES SIX AMOURS.

TOME DEUXIÈME.

PARIS,

DELONGCHAMPS, ÉDITEUR-LIBRAIRE,

RUE HAUTEFEUILLE, N° 3o.

1831.

LA
CROIX DU MEURTRE.

~~~~~~

STEUERWALD A SON AMI SIEGMUND.

Quelques efforts que fît ma vanité pour adoucir, et en quelque sorte consoler mon âme blessée, il restait toujours au fond de cette dernière un point dont la douleur devait être inguérissable. Elle ne m'aurait pas traité ainsi, me disais-je avec amertume, si j'eusse été d'un rang égal au sien..... Elle seule semble avoir conservé la haine héréditaire avec un soin presque religieux..... Son père

II.   1

m'accueille avec bienveillance, sa
belle-sœur me sourit, son frère me
recherche, elle seule me hait...., ou
me méprise..... Cette dernière pensée me bouleversait; je me sentais
mortellement offensé, et, dans mon
injuste colère, je refusai toutes les
invitations qui me furent faites de la
part des Greifenberg, par la seule
raison que Sidonie n'y prenait aucune
part. Oui, pensais-je, ils ont besoin
d'un poète, d'un musicien pour or-
donner leurs fêtes, d'un étranger
pour varier un peu la monotonie de
leur manière de vivre; mais le plébéien est trop fier pour se réduire à
cet indigne rôle.....

Je déraisonnais, j'étais hors de
moi....; je tentai pourtant plusieurs
occupations pour me distraire et
secouer les chaînes d'une passion insensée : ce fut en vain. Chaque matin un penchant irrésistible me ra-
menait au télescope, je revoyais Sidonie, et chaque matin j'oubliais les
résolutions de la veille.

Peut-être que le temps, la raison,
que sais-je, auraient fini par m'affran-
chir de cet amour, si le hasard ne
s'en fût mêlé.

La femme du pasteur était de
beaucoup plus jeune que son mari :
c'était un de ces caractères vifs, lé-
gers, étourdis, qui résultent autant

des habitudes d'une vie heureuse et
tranquille, que d'une disposition naturelle à la joie et au bonheur. Bonne,
sensible et sage, aimant son mari
sans connaître l'amour, se jouant de
toutes les passions, et ne se doutant
nullement de leur pouvoir, cette
jeune femme fut l'instrument dont
mon destin se servit pour renverser
les obstacles que l'orgueil et je ne
sais quelle autre puissance ennemie
élevaient entre Sidonie et moi. Je
voyais souvent Charlotte, et toujours
avec plaisir ; son humeur douce, ses
manières pleines d'une innocente
gaîté dissipaient parfois ma tristesse.
Un jour elle me plaisanta sur ce qu'elle

appelait ma maussaderie, et pré-
tendit qu'on ne pouvait l'expliquer
que par ce qu'on appelle un amour
malheureux. Un homme comme
vous, disait-elle, jeune, riche, instruit, indépendant, être si sombre!
Ah! monsieur Steuerwald! il y a
de l'amour là-dessous..... Je rougis,
je me troublai, et niai fortement. Voulez-vous parier, dit la folâtre jeune
femme, qu'avant huit jours je sau-
rai le nom de votre maîtresse?....
J'acceptai la gageure, bien sûr de
garder mon secret; mais en est-il
dont on puisse dérober la connaissance à une femme curieuse?

Deux jours après, le pasteur et sa

compagne viennent chez moi ; j'é-
tais sorti, ils attendent mon retour
dans le jardin. Lotte (c'était le dimi-
nutif de son nom) profite de l'occasion ; elle veut, dit-elle, voir la maison. Le régisseur la conduit partout :
elle monte à ma chambre, entre
dans mon cabinet : la fenêtre est ouverte, le télescope braqué : elle y
jette un coup d'œil, et Sidonie paraît à ses yeux..... Elle fait un cri de
surprise : Sidonie! le château!....
comment peut-on le voir d'ici ?....

— Mais il n'est guère possible
qu'on le voie, répond le régisseur.
Elle lui montre la fenêtre ; le vieillard s'avance, et s'écrie : — Mais, oui

vraiment! Et la façade du levant encore..... C'est donc pour cela, ajoute-
t-il avec bonhomie, que notre jeune
maître a fait abattre dans le parc un
si bel arbre!.... Voilà pourquoi il a
passé huit jours avec Jean dans le
bois, à mesurer de ci, de là, avec
tant d'attention. Enfin, il a fait pla-
cer un drapeau sur l'arbre en question, et il l'a fait couper sans misé-
ricorde... C'était un bien bel arbre...

—Ah! dit la jeune dame en riant,
il y a bien des gens qui ont fait
abattre des châteaux et des villes
tout entières pour de semblables
motifs! Encore s'il n'y avait pas d'autres obstacles qu'un arbre comme

celui-là!... Mais il y en a encore un autre sans feuillage et sans fleurs, qui s'opposera long-temps aux vues de M. Steuerwald..... Elle pensait à l'arbre généalogique des Greifenberg; et la légère créature laissa échapper un grand éclat de rire, en faisant cette réflexion cruelle; le régisseur rit aussi de bon cœur, mais sans deviner l'allusion. Bientôt on l'appela en bas, et il laissa la femme du pasteur seule dans le cabinet. Jamais Lotte n'avait eu de sa vie un secret qu'elle n'eût pu confier à toute la terre : elle ne soupçonnait pas qu'un autre dût en avoir de plus grave que les siens, et la discrétion était une vertu dont elle manquait tout-à-fait. Des papiers sont épars sur mon bureau; Lotte les parcourt sans scrupule; elle trouve parmi eux une ou deux feuilles, que dans mes sombres heures de tristesse et d'ennui j'ai remplies de mes pensées; elle lit, et bientôt, frappant dans ses mains : — Je le tiens! s'écrie-t-elle triomphante, j'ai son secret tout entier!....

Elle jette un regard par la fenêtre; et, me voyant occupé avec son mari dans le jardin, elle prend une plume, copie à la hâte cet écrit, qui contient la preuve de mes sentiments secrets, et revient tranquillement nous retrouver dans le jardin.

Son mari et moi, nous cher-
châmes d'abord à deviner ce qui
pouvait causer l'extrême gaîté de la
jeune femme, et donner quelque
chose de si malicieux à son sourire,
mais elle échappa à toutes nos questions; car, avant de me lire la copie
en question, elle voulait m'engager
plus complétement dans le piége, et
puis se moquer de moi après.

Non contente de ce document,
elle voulut y joindre d'autres preu-
ves; depuis ce jour montais-je à che-
val, vîte elle arrivait chez moi, sous
un prétexte ou sous un autre, grim-
pait à ma chambre en chantant, et
se mettait à copier tout ce qui lui

tombait sous sa main : pensées détachées, plaintes, élégies, vers ou
prose, que sais-je?.... tout lui était
bon.

Quand nous nous trouvions ensemble, elle savait avec un art infini
amener la conversation sur Sidonie,
avec laquelle elle était liée dès l'enfance. Elle, me racontait combien
l'âme de cette jeune fille était noble
et fière ; combien son cœur était tendre et facile à subjuguer. Pourtant,
ajoutait-elle en riant, avec tout l'esprit du monde elle n'a quelquefois
pas le sens commun, et elle soutient
des paradoxes les plus ridicules du
monde ; par exemple, dernièrement

elle a voulu disputer avec moi et me soutenir que la nuit était plus belle que le jour, et mille autres folies!...

— Ah, je vous en prie, Lotte, citez-m'en quelques-unes!...

— Ah que sais-je? que tout ce qui est tendre ou sublime ne peut se peindre par des paroles; que la plus grande joie comme la plus grande douleur sont muettes : qu'une prière silencieuse est plus éloquente que toute la réthorique du monde; et puis, qu'un cercueil est mille fois plus imposant qu'un trône, que la *langue du temps*, c'est l'aiguille de l'horloge de l'église qu'elle appelle ainsi, offre dans son mysté-

rieux langage plus de pensées utiles à
la méditation des hommes que tous
les traités de la sagesse.... 'Oh c'est
un esprit fort que Sidonie, et elle
parle quelquefois comme une énig-
me!.. Malgré ces bizarreries, son cœur
n'en est pas moins parfait, et sa vie
pleine de bonnes actions. Si vous
saviez, monsieur, continuait Lotte
avec vivacité et attendrissement, si
vous saviez tout ce qu'est cette charmante fille pour sa famille, ses amis,
les malheureux, surtout! Elle charme, elle conseille, encourage, pro-
tége ; et quand elle a distribué tout
autour d'elle de la joie, des consola-
tions et des secours, elle dit que la

vie lui semble douce, et que celui qui
a su gagner un cœur peut se passer
du reste, et renoncer même à la vie
sans regret....

— Et.... n'a-t-elle jamais aimé ?
demandai-je, en même temps ; tout
mon cœur semblait m'échapper avec
cette question.

— Aimé ? reprit Lotte, avec un
éclat de rire ; entre nous, je crois
que c'est pour elle la chose impossible.... Voyez-vous, la nature, qui
nous destine à être mères, donne à
l'amour d'une femme quelque chose
d'intellectuel, si l'on peut dire, et
que l'homme ne saurait ressentir ;
les grâces de la jeunesse et de la

beauté attirent d'abord les regards
de l'homme; mais c'est vers un objet
plus éloigné, plus noble et meilleur
que notre âme se trouve entraînée.
Mais sur quoi Sidonie dirigerait-elle
ce désir de son âme passionnée? sur
un ange? Ah, ils sont trop matériels
parmi nous! l'amour est pour elle
le dieu trois fois saint, dont le nom
retentit perpétuellement dans le
sanctuaire de sa pensée. Où trouve-
ra-t-elle cet amour, fantôme grâ-
cieux de ses rêveries solitaires?

— Est-ce qu'elle parle d'amour?
demanda le pasteur; je l'aurais à
peine pensé....

— Aussi bien que toute jeune

fille parle de sa beauté, mais avec calme, sincérité; d'ailleurs l'amour dont elle parle est si pur, si chaste même, qu'elle n'en saurait rougir. Au surplus, la rougeur n'annonce chez Sidonie ni faute ni repentir; ce n'est en quelque sorte que le reflet de cette éternelle aurore qui pare son âme... »

J'ai retrouvé ce dialogue dans mes papiers, Siegmund, je l'avais recueilli le soir même ; c'est ce qui fait que je puis te le rapporter mot pour mot.

La femme du pasteur avait fort bien remarqué mon trouble en l'écoutant, et l'intérêt que je prenais à tout ce qui concernait Sidonie ; fière de posséder mon secret, elle n'en pesa point les conséquences. Sa légèreté naturelle l'entraîna même à pousser plus loin ce qu'elle regardait comme une innocente espiéglerie.

Sidonie et Charlotte étaient liées d'amitié autant que l'humeur enfantine de l'une pouvait se plier au sérieux habituel de l'autre ; leurs rapports étaient peu fréquents, mais quand Sidonie allait au presbytère, elle y restait long-temps. Charlotte lui disait que sa douce gravité la rendait sage et posée pendant toute une semaine, et Sidonie cédait en riant à ses instances.

Un matin qu'elles étaient assises à causer l'une près de l'autre, Sidonie dit quelque chose qui rappela à Lotte un passage des pensées qu'elle avait copiées dans mes papiers ; et, saisissant cette occasion pour faire lire à Sidonie ces papiers, elle s'écria : — J'ai lu cela quelque part ! où donc !... puis, comme par un soudain souvenir : — Ah ! je sais ce que c'est, ajoute-t-elle. Sidonie la questionne, Lotte court chercher les feuilles, et lit quelques passages qui, en effet, ont un singulier rapport avec la pensée que vient d'exprimer Sidonie. Cette dernière demande d'où Charlotte a extrait ce passa-

ge ; Lotte répond qu'elle les a co-
piés d'un ouvrage moderne dont elle
a oublié le titre. La curiosité de Sidonie est vivement excitée, elle veut
tout lire; Lotte parcourt encore une
fois les papiers qu'elle m'a dérobés,
et, n'y trouvant rien qui puisse trahir
l'auteur, elle les livre à Sidonie.

Je te les transcris ici ces pensées.
C'est à toi, mon ami, qu'elles étaient
adressées, selon la douce habitude
que j'avais alors de t'admettre à mes
plus intimes affections. Elles te don-
neront mieux que mes paroles, aujourd'hui si froides, si décolorées, la
mesure du sentiment passionné qui
dominait alors mon âme.

« Chaque matin je vois deux au-
rores douces et radieuses s'avancer
vers moi, l'une dont les rais de
pourpre et d'or, glissant à travers les
bourgeons nouveaux des arbres, viennent rafraîchir ma brûlante poitrine;
l'autre,.. ah! elle ne sera jamais pour
moi qu'une aurore; jamais il ne se
lèvera le soleil d'amour qu'elle semble annoncer! jamais!. . . . .

. . . .

» Dieu! je la vois! son chaste regard
s'élève tout brillant de larmes vers
le ciel du matin!... Ah! que le Dieu
de bonté que tu implores, fille céleste, accomplisse tous tes vœux,
tous tes désirs; qu'il oublie mes sou-

haits, mes ardentes prières, pour
n'écouter que les tiennes.

. . . .

»Tout ce que l'homme croit éternel passe comme l'ombre. Les passions même les plus nobles traver-
sent nos âmes sans y laisser de traces, telles que les ombres des nuages
que promènent les vents, glissent
sur la face de la terre, et sont effa-
cées bientôt par la lumière du soleil... Pourquoi faut-il que j'aime
éternellement ce qui jamais ne pourra
être à moi ?...

. . . .

» Non, je ne puis oublier que je
t'aime ! En t'aimant, suis-je donc

malheureux?... Un songe radieux
plane sur ma vie obscure; il est là
devant moi, sous ta forme ravissante! La félicité du ciel visite mon
âme quand je te vois paraître à ta
fenêtre; tu me souris comme un
ange de bonté, et dans mon illusion
je crois t'entendre m'appeler d'un
nom cher et doux!...

» Ah! souris-moi, beauté chérie,
car mes songes les plus heureux sont
causés par ton sourire! Que crains-
tu? mon œil seul te touche, je suis
bien loin de toi... Va! je ne demande
point ton amour, je n'espère jamais
tes caresses. Ah! mes songes sont aussi
purs que mes désirs; mon amour,

ma vénération pour toi animent mon
sommeil comme ma veille ; ils m'ac-
compagneront jusque dans le tombeau ; que dis-je ? au-delà des limites
du monde ce sentiment me suivra.

» O Siegmund ! toi dont le cœur
est aussi tendre que le mien, mais
dont la raison est forte et solide contre le choc des passions, dis-moi,
qu'est-ce que je veux ? qu'est-ce que
je désire ?... Elle ne peut m'apparte-
nir ! fatale pensée !... Alors pourquoi la désirer ?... Parce que je l'aime ? mais qui ne l'aime pas ? Quand
elle paraît, tous les regards ne se
tournent-ils pas vers elle comme les
fleurs vers le soleil ?... Et dans tous

les regards attachés sur elle ne lit-
on pas tendresse, amour, dévoûment sans bornes. . . . .

· »Lève-toi, belle étoile, astre radieux du matin ! sois la parure du
ciel ! je veux aussi, comme tout le
reste de la création, tourner mes regards vers toi, te suivre des yeux
avec des larmes d'amour, mais je ne
veux point t'attirer hors de ta sphère
lumineuse et élevée... Tu planes
dans les cieux, je marche sur la
terre:... passe devant moi, belle étoile
solitaire !

. . . .

»Siegmund, je l'ai vue ! Dans ses
yeux d'azur on voyait comme le ra-

vissement d'un songe céleste ; à demi
agenouillée devant sa fenêtre, elle
adressait une éloquente prière à l'au-
-teur de cette nature qui s'éveillait
à ses yeux. Le soleil levant rou-
gissait son beau front, et sa bouche
souriante semblait prononcer des
paroles de paix et de bénédiction.
Elle a arrosé des fleurs sur sa fenêtre ;
elle a réchauffé aux rayons du soleil
et dans le creux de sa main le papillon frappé par l'air froid de la nuit ;
elle a caressé ses colombes, et leur
a distribué leur nourriture....

» Ce doux spectacle a donné le repos
à mon âme, et ma journée a été plus
calme. Siegmund ! je ne veux plus

m'abandonner à ces fougueux transports, désormais j'étoufferai mes désirs, je serai bon, indulgent, affec-
tueux pour tout ce qui m'entoure...
Ah! que rien ne vienne troubler
cette paix due à une résolution ver-
tueuse... Portons-la avec précaution,
et comme une mère porte son nour-
risson malade et endormi...

. . . .

» Le calme dure encore, Siegmund,
mais je n'ose plus tirer un son de ma
flûte, un seul accord de mes autres
instruments; je m'abstiens de porter
mes regards sur les délicieux paysa-
ges qui m'environnent, de peur d'a-
percevoir le point que je veux évi-

ter... Le seul son de la cloche du
matin dans un village éloigné, une
voile blanche sur le lac, seraient ca-
pables de réveiller la tempête endormie dans mon cœur. Ah! pourquoi
ne peut-elle être à moi! c'est le cri
de toute mon âme. Ah! pourquoi?...
Destin funeste!...

» Tout ce qui est noble, élevé, g -
néreux, ne se trouve-t-il pas à l'étroit
sur cette terre d'exil! Il faut aux vertus, filles du ciel, les vastes champs
de l'éternité Serait-il moins qu'elles,
cet amour qui enlève mon âme sur
les ailes des anges avec un pouvoir
que je ne puis comprendre?... Oui,
j'aime, non pour le temps, mais pour

l'éternité, et quoiqu'une vie obscure
et pleine de douleur nous sépare,
elle est à moi! Dans un monde meilleur, un jour elle volera d'elle-même
dans mes bras, une terre heureuse
s'élevera du sein de l'abîme de l'éternité, comme jadis la merveilleuse
Délos surgit du sein de la mer, pour
devenir la patrie des divins enfants
de Latone. Non! désormais je ne
chercherai plus dans les joies mes-
quines, incomplètes et passagères de
cette vie, ce que l'âme peut concevoir
de plus grand, de plus noble, de
sublime!... C'est loin, bien loin de
la terre que je l'attendrai... Calme-
toi! cœur impétueux. Encore un peu

de temps, et l'empire de l'infini s'ou-
vrira avec tous ses trésors pour apai-
ser tes souffrances et tes insatiables
désirs!... »

———

Sidonie lit ces feuilles attentive-
ment; Lotte est appelée ailleurs, et
la laisse seule. Ces fleurs arrosées sur
la fenêtre, ces pigeons auxquels
on donne à manger, lui rappellent
qu'elle a aussi des fleurs qu'elle soigne et des colombes qu'elle nourrit;
mais elle est bien loin de soupçonner
la vérité. Toutefois ces pensées, malgré leur bizarrerie et leur incohéren-
ce, ont éveillé je ne sais quelle sym-

pathie dans son âme, qui l'intéresse
secrètement à celui qui les a écrites.
Elle emporte les feuilles pour les copier, et, rêveuse et préoccupée, re-
tourne au château. Le pasteur, qui
sortait de chez moi, la rencontre;
il la prie de vouloir bien se charger
de remettre au messager du château
deux lettres pour la poste de la ville
voisine, où le baron envoie chercher
ses gazettes.

Sidonie jette un coup d'œil sur ces
lettres, et dit, en voyant l'adresse
de l'une d'elles : à Rome?...

— Oui, répond le pasteur, c'est
une lettre de M. Steuerwald, adres-
sée à son ami de cœur le jeune Siegmund.

—Siegmund! dit Sidonie en s'éloignant, c'est singulier! il me semble
que ce nom a frappé mes yeux il y a
peu de temps... Elle reprend les feuilles pour en extraire quelques passages, et le nom de Siegmund s'y trouve
répété ; elle rassemble les circonstances : serait-ce un effet du hasard,
ou bien... Elle court à la fenêtre, et
pour la première fois elle découvre
ma maison et ma fenêtre : la vérité
lui est connue... Nul autre que moi
n'a pu écrire ces feuilles; une vive
rougeur, mélange de honte et d'é-
motion, couvre son visage.... Mais
comment ces papiers se trouvent-ils
dans les mains de Charlotte?... Se-

rait-ce un moyen de lui révéler d'une
manière indirecte le secret d'une
passion qu'elle a repoussée avec dé-
dain? Son orgueil s'irrite de cette
supposition, et, dès le lendemain,
elle éclaircira ses soupçons. Elle fait
prier Charlotte de venir, et elle lui
demande d'un ton sérieux : — Charlotte, d'où avez-vous tiré ces pensées?...

La jeune femme rougit, se trouble, et s'embarrasse dans ses ré-
ponses.

— Charlotte, reprend Sidonie
avec plus de gravité encore, vous
que j'aime si tendrement, est-ce que
vous voudriez me tromper?...

Hors d'état de supporter ce tendre reproche et ceux de sa conscience, Charlotte se mit à pleurer. Peu d'instants auparavant, elle venait de subir une sévère remontrance de son mari, qui, l'ayant surprise furetant de nouveau dans ces papiers, l'avait contrainte à lui avouer la vérité : après lui avoir vivement reproché son indiscrétion, il fit comprendre à la jeune étourdie combien son procédé était blâmable. Elle avait senti sa faute, elle s'en repentait amèrement ; mais le reproche de Sidonie pénétra son cœur d'une douleur plus vive encore.

— Je ne veux point vous tromper,

ma Sidonie, dit-elle en fondant en larmes, mais il m'est impossible de vous dire d'où me viennent ces papiers... Par pitié, ne me le demandez pas !...

— Je veux savoir, reprit Sidonie avec l'accent le plus sévère, qui a écrit ces feuilles, et qui vous les a données?...

— O Dieu, non, je ne puis ! je ne sais que vous dire?...

— La simple et pure vérité.

— Ah ! cette vérité peut être plus nuisible qu'un mensonge! Je vous en supplie, chère Sidonie, renoncez à cet éclaircissement.

— La vérité est toujours salutaire,

Charlotte, le mensonge seul est nuisible ; dites-moi la vérité tout entière ! N'est-ce pas que vous avez voulu mettre ma vanité à l'épreuve?.....

Charlotte se récria sur cette accusation, et, pour s'en faire absoudre, elle fit alors le pénible aveu de la faute où elle s'était étourdiment engagée, et implora son pardon d'une manière si naïve et si touchante, que Sidonie ne résista plus.

— Vous avez été bien imprudente, mais je vous pardonne, dit-elle en l'embrassant, en faveur de votre repentir. Je n'y mets qu'une condition ; c'est que vous ne parlerez de

de tout ceci à qui que ce soit ; qu'il
n'en sera jamais question entre nous,
et que vous tacherez de l'oublier...
comme je l'oublierai , sans doute...

Charlotte jura par tout ce qu'elle
avait de plus sacré de se conformer
à ce que son amie exigeait ; et , en
effet, elle tint parole.

Un hasard que la fin de mon récit
t'expliquera, cher Siegmund, me mit
en possession des lettres que tu vas
lire, ainsi que d'autres que je te com-
muniquerai plus tard. Je place ici
les premières, parce qu'elles te don-
neront une idée plus complète de la
marche des évènements, et serviront
à l'intelligence de ce qui doit suivre.

PREMIÈRE LETTRE.

———

SIDONIE A SA TANTE, LA COMTESSE

DE FORBACH.

Greifenberg.

Chère tante, vous qui joignez pour
moi l'indulgence d'une amie à la
tendresse d'une mère, vous l'aviez
bien pressenti, votre Sidonie avait
en effet quelque chose à vous confier, quelque chose qui, tout en
oppressant son cœur, ne voulait
point sortir par ses lèvres. Non-seulement je n'ai pu vous parler, mais

j'ai attendu pour vous écrire que je
fusse plus calme et mieux en état de
vous faire connaître ce qui, semblable à un nuage menaçant, couvre
comme d'un voile sombre ma vie
pure et paisible. Oui, paisible, elle
l'eût été malgré une destinée arrêtée
par la volonté paternelle, et dans laquelle les convenances ont été plus
consultées que mon cœur..... Mais,
n'importe,... un noble orgueil me fait
croire que l'accomplissement des devoirs que cette destinée m'impose
pourrait suffire à mon bonheur.

Vous connaissez mon père, l'orgueil de ma famille, et la haine qu'elle
porte depuis long-temps au nom de

Steuerwald. Sans partager entièrement ces préventions héréditaires,
j'y étais cependant assez accessible
pour avoir senti je ne sais quelle ré-
pugnance à voir s'établir des rapports
d'intimité entre le jeune Steuerwald
et nous.

Une circonstance, en rendant cet
homme nécessaire, triompha de l'a-
version de mes parents, et le fit invi-
ter à venir au château. Je trouvais
qu'il y avait de la part de ma famille
un manque de dignité dans cette in-
vitation, et de la part du jeune
homme une sorte de lâcheté à l'accepter; je crois que mon accueil dut
le lui faire sentir, et pourtant l'im-

pression qu'il fit sur moi la première
fois que je le vis, fut extraordinaire.
Son air tout à la fois contraint et
empressé, son regard rêveur et passionné, cet accent presque ému pour
prononcer des mots pleins de froideur, tout me frappa. Quand il m'a-
dressa la parole, je tressaillis comme
en présence d'un génie redoutable
et dont l'influence pouvait peut-être
changer toute ma destinée; cette
pensée révolta mon orgueil, je com-
mandai à mon émotion, et pour con-
server ma liberté, je m'armai contre
le plébéien d'une fierté dédaigneu-
se. Vous le dirai-je, mon amie?...
ce ne fut pas sans efforts... Il me

semblait que, par un art extraordinaire, cet homme était déjà en possession de mes plus intimes pensées,
qu'il m'aimait... et voulait pénétrer
de force dans mon cœur.

Malgré mes répugnances, mon
aversion non déguisée, on continua
à l'attirer. Une fête qu'on préparait
pour le passage du prince était la
chose grave, importante, qui avait
déterminé mon père à cette démarche. Il fallut enfin répéter un
duo avec lui; la musique et les paroles étaient de sa composition : vers
et mélodie, tout respirait la passion la plus tendre; c'est un chef-
d'œuvre d'expression; l'accent qu'il

mettait dans son chant, le feu qui
animait son regard, la nature même
des paroles, qui, n'étant que des
questions réitérées, semblaient m'être
adressées, rendait cet instant si cri-
tique, que je sentis avec effroi que,
sans un grand et courageux effort,
mon sort allait peut-être dépendre
de cet instant. Je rassemblai donc
tout mon courage; et, prenant un air
assez hautain, je déclarai à mon père
que je ne chanterais point ce duo ;
ensuite, me tournant vers lui, j'a-
joutai avec une intention marquée
quelques mots qui durent lui prouver mon irrévocable résolution. Les
choses en restèrent là , le prince ne

vint point à Greifenberg, la fête n'eut point lieu, et Steuerwald ne reparut plus au château.

Maintenant, chère tante, lisez avec attention les feuilles détachées que je joins à ma lettre, et apprenez que la jeune fille dont il est question dans cet écrit, c'est moi, c'est votre Sidonie; l'homme qui a tracé ces pensées d'amour et de douleur, c'est M. Steuerwald; enfin, apprenez que cet homme si redouté, et peut-être si redoutable, a subjugué mon cœur, enivré ma raison, vaincu mes préjugés, et qu'enfin..... je l'aime! oui, je l'aime!....

Comment vous faire comprendre,

mon excellente amie, ce qui s'est passé dans mon cœur, pour en venir à faire un tel aveu?... Comment ai-je cessé d'être fidèle à moi-même, à la résolution que j'avais prise d'obéir sans murmurer aux ordres de mon père, à faire mon bonheur de ce qui fera le sien; l'illustration de sa famille par mon union avec le prince de S***? Comment la fière comtesse de Greifenberg en est-elle venue à souhaiter de n'être que la fille d'un pasteur?... Quelques puissances ennemies ont-elles répandu sur moi leur maligne influence? ou bien l'éloge de sa bonté, de sa générosité, de ses mille vertus que,

par je ne sais quel fatal hasard, j'é-
tais toujours à portée d'entendre, a-
t-il tellement touché mon cœur, que
ce cœur tendre et faible en fut sé-
duit ?.....Je ne sais..... Quand l'écrit
dont je vous envoie une copie me
tomba sous la main, le ciel ouvert
n'eût pas offert à mes yeux une
perspective plus brillante que celle
qui se présenta alors à mon cœur
ravi..... Et pourtant l'entrée de ce
paradis m'était interdite......

Le lendemain, selon ma coutume,
j'ouvris ma fenêtre aux rayons ma-
tinals, j'arrosai mes fleurs, j'appelai mes pigeons favoris, et me gardai
bien, pendant les jours suivants, de

rien changer à mes habitudes, car
il devait ignorer toujours que j'avais
lu ces feuilles ; mais je n'osai plus dès
lors élever mes yeux vers le ciel, et
encore moins les fixer du côté de sa
demeure, car je sentais qu'il me regardait ; et, ne pouvant lui cacher la
rougeur de mon front, je voulais du
moins dérober à ses regards la flamme
silencieuse dont l'amour animait les
miens. Des mois se passèrent de la
sorte ; alors on commença peu à
peu dans la maison à désirer sa présence, et à sentir combien il était ab-
surde de se priver des ressources
d'un voisinage agréable, par la seule
considération que Steuerwald n'é-

tait point de race noble. Mon père se souvenait de son habileté à improviser une fête ; mon frère l'avait rencontré plusieurs fois à la chasse, et se louait de ses procédés. Ma belle-sœur se rappelait avec plaisir sa belle voix ; mais, malgré des invitations indirectes de la part de toute la famille, il ne vint point... Ah ! c'était moi, moi qui l'aimais, et qui, de tous, souhaitais le plus sa présence ; c'était moi seule qui, semblable à un génie menaçant, l'écartais et lui défendais l'entrée de cette demeure, où il n'aurait qu'un seul mot à dire pour être reçu avec amitié... Mais, ce mot, il ne le dit pas ;... il était trop

fier, plus fier que nous tous, qui
nous vantons de notre orgueil! Le
petit Ludwig, le fils de mon frère,
était le seul qui, de la famille, parût
avoir trouvé grâce à ses yeux; et
chaque jour l'enfant allait tout seul
le trouver dans un endroit délicieux
de la montagne, que Steuerwald appelle son ermitage; et quand Ludwig revenait, il me racontait avec
des yeux pleins de feu et une petite
mine tout animée comment il avait
passé son tems avec son *ami Steuerwald*, ce que Steuerwald lui apprenait, et combien Steuerwald était
bon, aimable et complaisant. « J'ai
dit aussi, ajouta un jour l'enfant,

j'ai dit à Steuerwald combien je t'aimais, Sidonie ; que tu m'apprenais le soir à connaître les étoiles du ciel ; que tu me racontais les histoires des anges, et des grands hommes des temps passés ; et puis, je lui ai dit aussi que tu me baisais sur le front quand j'avais été bien sage, et Steuerwald m'a aussi baisé sur le front, en disant qu'il m'aimait encore davantage, puisque j'étais aimé de toi, bonne Sidonie !...

Chère tante ! me blâmerez-vous de cette faiblesse ? je ne pus m'empêcher de baiser le front de cet enfant, et de le presser sur mon cœur avec une émotion profonde. « Il te

II. 5

fait donc bien des questions sur nous
tous, cher petit jaseur? dis-je, en
rougissant et en pressant de nouveau
mes lèvres sur son front.

— Oh non, tante! il ne me demande jamais rien.....

— Mais qui t'oblige, mon cher
Ludwig, à parler de nous?

— Vois-tu, petite tante, reprit l'enfant d'un air caressant, je ne parle
guère que de toi; car j'ai toujours
tant de choses à raconter de tes
bontés pour moi, que je le fais presque sans m'en apercevoir!.... D'ailleurs Steuerwald m'écoute alors avec
tant de plaisir.... Hier, par exemple,
je lui dis que tu m'avais appris à

écrire , et je lui ai fait lire cette belle
pensée que tu m'as donnée à copier,
tu sais?.... *Sois assez grand pour
mépriser la vie, sois plus grand
encore pour l'estimer.* Steuerwald
demeura long-temps occupé à la
lire ; il devint tout sérieux ; il m'embrassa ensuite sans rien dire, mais
je crois qu'il a trouvé cet exemple
bien beau, car il m'a prié de le lui
laisser.

Ce récit naïf, ce babil enfantin,
cette mystérieuse relation établie entre nous sous les auspices de l'innocence, tout produisit sur mon âme
un effet que je ne puis vous peindre.
Je m'avançai vers ma fenêtre, et de là

j'osai regarder la sienne ; et, dans
un mélange de joie et de douleur
ineffable, je m'écriai : — Oui, je
t'aime ! oui, je connais tes vœux !...,
Mais, hélas ! ajoutai-je avec un pro-
fond soupir, je ne te suis point destinée !....

Depuis ce jour, je me troublai
chaque fois que je vis le petit Ludwig accourir vers moi en revenant
de chez son ami. Je n'osais l'interro-
ger ; et pourtant je désirais savoir
si son ami lui avait parlé de moi. Je
tressaillais quand il avait prononcé
mon nom, je m'attristais quand
l'enfant n'avait rien à m'apprendre.
Oh ! que mon cœur était plein d'une

angoisse étrange et douce pourtant !
Je n'avais personne avec qui je pusse
partager ce fardeau, ma belle-sœur,
quoique bonne et tendre, ne m'eût
point comprise ; Charlotte était trop
légère, et d'ailleurs elle eût été la
dernière à qui j'eusse été tenté de
confier de tels secrets. J'errais donc
chaque jour, seule au fond du parc,
tantôt plongée dans de graves et
profondes réflexions, tantôt aban-
donnant mon âme au charme dangereux d'une vague rêverie, et toujours repaissant mon esprit malade
d'illusions chéries, que ma raison ap-
prouvait et condamnait tour à tour.

Enfin votre voiture parut un jour

dans la cour du château, chère tante! Sidonie poussa un long cri de joie; elle voyait en vous son ange protecteur, et ce pressentiment du cœur ne l'a point trompée.

DEUXIÈME LETTRE.

SIDONIE A LA COMTESSE DE FORBACH.

Greifenberg.

Mon émotion vous surprit, chère tante. Jamais votre arrivée, quoique toujours célébrée par moi comme une fête, ne m'en avait causé une aussi vive. Votre œil scrutateur, et

pourtant si doux, en s'attachant sur
le mien, devinait-il dès lors que ce
cœur, que vous avez formé, avait
quelque chose à confier au vôtre ?
Pourtant je ne pus répondre à vos
questions ; et le soir, en vous embrassant, je vous dis que j'avais à
vous raconter une longue histoire,
que je vous l'écrirais, mais qu'en
attendant j'espérais de votre séjour
près de nous le bonheur.... ou le repos de ma vie. Ces mots furent
merveilleusement compris par vous;
car, après avoir, pendant quelques
jours, écouté l'éloge de notre jeune
voisin, éloge qui seul alimentait l'entretien de notre petit cercle ; après

avoir surtout épié et surpris la rougeur dont chaque fois ce nom colorait mon visage, vous manifestâtes le désir de connaître cet ancien ennemi des Greifenberg, qui se faisait pardonner par tant d'amabilité son nom marqué pour nous du sceau de la fatalité.

Avec cette adorable bonté qui vous caractérise, vous daignâtes faire les premiers pas; et, après avoir, sous un prétexte plausible, visité Steuerwald, vous l'invitâtes à venir au château. Il ne put résister à la grâce de vos instances; il se rendit enfin.

Oh! que j'eus peine à contenir la

joie impétueuse qui saisit mon cœur,
quand à votre retour vous annonça-
tes sa visite! Votre regard s'arrêta
encore sur moi,... mais mon sein
était dégagé de son angoisse habi-
tuelle, et je pus sourire comme à
l'annonce d'une nouvelle agréable,
mais sans importance.

Il vint, et sa conduite envers moi
surtout me parut conséquente à ce
qu'il semble s'être imposé, en s'abste-
nant de fréquenter notre maison.
Toutefois, son premier regard attei-
gnit mon cœur avec force et rapidi-
té. Je baissai les yeux en feignant
d'être tout occupée de l'arrangement
d'une corbeille de fleurs, derrière

laquelle je me cachai à demi. Je ne
sais si ma rougeur et mon émotion
lui échappèrent entièrement; mais,
ce premier moment passé, j'em-
ployai toutes les forces de mon esprit à paraître calme, et je le devins
en effet.

Alors... ah! soyez bénie mille fois,
chère tante, pour la manière pleine
d'estime et de politesse affectueuse
avec laquelle vous accueillîtes l'homme qui m'est cher! l'entretien de
Steuerwald vous charma. Quel doux
triomphe pour moi quand je lus
dans vos regards et dans ceux de
mes proches la justification d'un
penchant que je regardais comme

insensé et presque coupable!... J'é-
tais près de vous quand vous émîtes
votre opinion sur les circonstances
pénibles qui se rencontrent dans la
vie, sur les rapports des hommes
entre eux, sur la différence des rangs
et des divers états de la société; mon
inquiétude me permettait à peine
d'écouter, et il me semblait que vous
risquiez beaucoup en traitant un sujet aussi délicat avec un homme qui
avait peut-être à se plaindre de ces
distinctions établies par l'orgueil;
mais la joie la plus pure remplit
mon sein en entendant Steuerwald
soutenir son opinion avec franchise
et liberté, et montrer dans cette dis-

cussion une manière de penser si
noble, si généreuse, et si sage qu'il
emporta tous les suffrages de ceux
qui l'écoutaient.

Le soir, retirée dans ma chambre,
je me rappelais toutes ses paroles,
l'accent persuasif qui les accompa-
gnait, ce regard animé, et le charme de son sourire, quand les sons
lointains de sa flûte vinrent frapper
mon oreille et réveillèrent les échos
endormis de la vallée. C'était en quelque sorte comme le retentissement
des sentiments qu'il avait exprimés
peu de temps auparavant, comme
un souvenir tranquille et délicieux
de sa présence. Peu à peu le rithme

animé de cette mélodie se convertit
en un adagio tendre et mélancolique,
qui s'éteignit enfin, et ne laissa plus
entendre que des sons faibles, lents,
plaintifs comme les soupirs d'un
cœur oppressé, et pour la première
fois mes pleurs coulèrent sans amertume.

Je m'accoutumai dès lors à le voir
presque chaque jour, car vous savez
que durant votre séjour près de
nous il revint fréquemment au château. L'estime dont vous l'environ-
niez, la considération que lui témoi-
gnaient mes parents avaient totale-
ment changé ma manière d'être avec
lui, au point que j'oubliais la diffé-

rence de nos rangs, le demi-engage-
ment de mon père contracté à mon
sujet avec le prince de S... Je me sentais entraînée à faire à Steuerwald le
sacrifice de tout ce que j'avais été accoutumée à vénérer dès l'enfance
comme le but de ma vie, un rang
élevé, une position brillante dans le
monde; en retour, je ne voulais qu'u-
ne chose, c'est qu'il m'avouât son
amour;... car il m'aime, j'en ai la
certitude; mais il est trop fier pour
me faire le premier un tel aveu; et
moi!... ah! plutôt mourir! plutôt
renoncer au bonheur que de laisser
voir ma faiblesse! Et pourtant! s'il
m'aime véritablement comme j'en ai

la douce conviction, dois-je écouter
ce misérable calcul de l'orgueil ou
plutôt de la vanité? Il est mille circonstances où je trouve que je me
fais un jeu illégitime d'un sentiment
qui devrait m'être le plus précieux
de tous. Pourquoi, puisque je me
sens capable de lui faire toute espèce de sacrifices, ne puis-je lui faire
celui de ma fierté? Le destin m'offre
une main secourable, et je ne sais
quelle puissance secrète me pousse à
agir d'une manière contraire à mes
plus chers sentiments! Vous m'avez
souvent reproché, mon amie, d'im-
moler à ce désir d'atteindre à une
perfection idéale, ce qui était destiné,

à mon bonheur : auriez-vous donc raison?...

En faisant ces réflexions, je tombe dans un étrange abattement. Tout ensemble timide et passionnée, orgueilleuse et tendre, je ne sais à quoi me déterminer. Oh qui me tirera de cette perplexité! qui me mettra d'accord avec moi-même ou avec ma destinée! Mon amie, ma tendre mère, maintenant que vous savez tout, aidez-moi, conseillez-moi, ou guérissez mon cœur!... ou... ah! je n'achève point, vous me comprenez!...

TROISIÈME LETTRE.

SIDONIE A LA COMTESSE DE FORBACH.

Je n'ai point attendu votre réponse, mon amie, et dans l'espèce d'agitation fiévreuse que me cause le silence prolongé de Steuerwald, j'ai prononcé moi-même hardiment sur mon sort. Dieu ! cette précipitation me sera-t-elle funeste ou favorable ?

Je me promenais hier dans le jardin ; le vent d'automne jonchait la terre des feuilles déjà jaunies ; Steuerwald était près de moi, j'étais pensive, mais tranquille. Et voilà ce

qu'il y a de singulier dans notre relation, c'est que je ne me sens jamais
troublée que dans son absence; en
sa présence je suis toujours calme et
libre...

Une jeune fille du village s'appro-
cha de nous : elle venait me remer-
cier d'avoir procuré à son père les
moyens de lui donner pour mari un
jeune homme qu'elle aimait. Elle
voulut m'exprimer sa reconnaissance, mais des pleurs lui ôtèrent la
parole; témoignage muet, mais plus
éloquent que tout ce qu'elle aurait
pu me dire. Steuerwald paraissait
touché, il regardait la jeune fille
avec un vif intérêt, et ses yeux atten-

dris, en se reportant sur les miens,
semblaient contenir plus d'amour et
d'espoir que d'ordinaire :

— Je suis toujours ému, dit-il
quand elle se fut éloignée, lorsque
je vois une jeune fiancée heureuse
et fière du choix de son cœur; et
puis, le temps qui s'écoule pour les
amants entre les promesses de l'a-
mour et leur entier accomplissement est peut-être le seul jour heureux entre deux sombres nuits, et
quelquefois le seul temps vertueux
de toute leur vie ! Aussi, l'aspect
d'une fiancée me remplit-elle chaque
fois d'émotions douces et consolan-
tes...

En prononçant ces paroles, la voix de Steuerwald était tremblante; je crus l'instant arrivé où il allait enfin parler de ses propres vœux. J'attendis, mais il continuait à marcher en gardant le silence; seulement de profonds soupirs s'échappaient de son sein.

Pourquoi ne parle-t-il pas? pensai-je avec un peu de dépit; comment forcer cette âme cachée à livrer son secret?... Une inspiration soudaine me vint; et, poussée par une impulsion irrésistible, je lui dis, en déguisant l'amertume de mon cœur sous un feint sourire : — Eh bien! vous pouvez donc vous trouver dans

cette disposition quand vous êtes
près de moi,... car je suis à peu près...
fiancée.I...

Je n'eus pas le courage de lever les
yeux vers lui, en prononçant ce peu
de mots... Je vis seulement de côté
qu'il s'inclinait profondément ; un
faible, ah!... sortit de sa poitrine op-
pressée, mais bientôt, fidèle à son caractère, il reprit l'apparence du
calme. Nous fîmes encore deux tours
d'allée, lui grave et silencieux, moi
inquiète et préoccupée, me repen-
tant presque de mon stratagème,
puisqu'il n'avait abouti à rien ;
mais trop troublée pour revenir
d'une manière convenable sur ce qui

m'était échappé. Ma belle-sœur,
qui venait à notre rencontre, nous
rejoignit bientôt; elle m'adressa la
parole., je ne sais ce que je lui ré-
pondis; pour Steuerwald, il prit
congé de nous avec sa politesse ordinaire, et nous quitta. En le voyant
s'éloigner, une douleur aiguë bou-
leversa mon âme, et mille voix me
crièrent : Imprudente! tu as joué
ton bonheur!.... Je m'enfuis dans
mon appartement.

En passant devant une glace, je
fus effrayée de ma pâleur; et, pour
éviter toutes questions, je fis dire
que j'étais fatiguée de ma promenade, et que j'allais me coucher.

Quand la nuit fut venue, je me mis à ma fenêtre. Le ciel était sombre et couvert de nuages menaçants, pas une étoile : seulement, dans le lointain, la faible lueur d'une lampe perçait l'obscurité ; cette mourante clarté venait de la fenêtre de Steuerwald. J'écoutais, j'attendis, mais vainement les sons accoutumés de sa flûte : elle était muette..... A minuit, la lampe s'éteignit, et tout demeura sombre, silencieux et triste autour de moi, comme au dedans de mon âme désolée.

QUATRIÈME LETTRE.

—

SIDONIE A LA COMTESSE DE FORBACH.

Quoi! pas un mot d'espérance dans toute votre lettre!.... pas un mot de pitié, de consolation pour mon cœur déchiré!... rien que de froides considérations sur ce que l'on doit aux convenances de l'état où l'on est né!..... « Un mensonge, quel qu'il soit, est toujours un mensonge; il est à jamais perdu pour toi! » Ma tante! mon unique amie! avez-vous pu tracer ces mots cruels?...

Ah ! que dis-je, au frisson glacial qui
parcourt mes membres en les répé-
tant, je sens qu'il est juste, et que je
dois subir la peine de ma folie !.....
Oui ! dans mon fol orgueil, j'ai brisé
ce pont secourable que l'amour commençait à jeter sur l'abîme qui nous
sépare !.... Pourquoi n'ai-je point
écouté la voix faible, mais continue
de mon cœur qui m'avertissait ?
Puisque je l'aimais, pourquoi ce
détour ?...

Qu'importe, quand les âmes se
comprennent, et les nôtres se com-
prenaient si bien !.... qu'importe
quel est celui qui le premier dit :
J'aime ! Misérable vanité ! j'ai voulu

l'emporter sur lui en grandeur, en courage, en générosité, et je ne l'ai surpassé qu'en dissimulation ! Ah ! pour un seul regard de son œil enchanté, pour un serrement de sa main tremblante, pour ce seul mot de sa bouche : Ma Sidonie ! j'abandonnerais aujourd'hui toutes les joies de ma vie.....; et il est trop tard ! oui, il est trop tard, je le sais, tout est fini, j'ai prononcé ma propre condamnation !... Eh bien ! je remplirai mon destin ! il est encore assez beau; j'obéirai à mon père, je serai la joie et l'orgueil de ma famille : c'est ce que vous attendez de votre Sidonie, n'est-ce pas, ma tante?

Grâce au ciel, elle n'est point encore
assez déchue pour tromper votre at-
tente.... : elle sera digne de vous,
digne d'elle-même; et puis, la vertu
ne vaut-elle pas le bonheur ?...

CINQUIÈME LETTRE.

SIDONIE A LA COMTESSE DE FORBACH,
QUATRE MOIS APRÈS LA PRÉCÉDENTE.

Mon amie, je croyais n'avoir plus
à vous entretenir de la plaie déjà
ancienne, mais toujours bien douloureuse, de mon cœur; hélas !....

Écoutez! écoutez la fin de cette triste histoire!....

Il y a près de quatre mois que je ne vous ai écrit ; et, depuis, j'ai tant pensé!.... Mais je veux reprendre mon récit de plus haut, car je ne sais si je vous ai dit alors combien je l'aimais. Penser à lui occupait tous mes jours, charmait toutes mes heures ; le seul son de sa voix était pour mon oreille une harmonie céleste, et son regard, à la fois si triste et si tendre, me causait un indéfinissable enchantement..... Vous aviez pour lui une tendre estime, mon père en faisait cas, mon frère l'aimait, ma belle-sœur partageait tous ces senti-

ments : ah ! ne devais-je pas en être
fière , et ne pouvais-je point espérer
une, heureuse destinée ? Insensée !
moi seule je l'ai troublée, cette destinée ! J'ai voulu jouir de la gloire de
triompher du plus puissant des sentiments, j'ai voulu l'emporter en
force, en orgueil sur l'homme que
je regardais moi-même comme un
être supérieur ; tout en payant son
amour de froideur, et même de dé-
dain, je ne renonçais point au mien,
je ne voulais que lutter avec lui de
générosité, rabaisser l'homme à mon
niveau, puis lui dire alors : — Apprends que je t'aime, et que je te
sacrifie tout. Mais dans ce combat

inégal, il garda tous ses avantages ;
il croyait que l'honneur lui défen-
dait de parler, il sut se taire.

Ce fut alors que, pour mettre cet
héroïsme à l'épreuve, et par une
inspiration bien fatale, je lui dis que
j'étais fiancée.... J'en fus subitement
punie. A peine ce mot fut-il prononcé, qu'une douleur égale à la sienne
pénétra mon cœur. Il pâlit, soupira
faiblement ; je me sentis pâlir et prête
à m'évanouir.... Oh! pourquoi la
mort ne me frappa-t-elle pas alors!...

Le jour suivant, j'appris qu'il était
parti sans prendre congé de personne ; son oncle, disait-on, le rappelait
à la résidence. L'hiver, oh, ma tante!

le sombre hiver s'écoula tout entier sans que j'en entendisse parler. — Sa maison demeura inhabitée, sa fenêtre fermée; on eût dit qu'à la joie, au mouvement, à la vie, avaient succédé subitement le silence, le deuil et la mort....

Il y a huit jours, j'apprends tout-à-coup son retour à Greifenberg. Le petit Ludwig y courut le premier, et le lendemain, en me promenant dans le bois qui avoisine son parc, je le rencontrai lui-même; j'étais avec mon frère. Dieu! quel changement, et que j'eus peine à me contraindre en le voyant le front pâle, l'œil éteint, le visage abattu. Il était méconnaissa-

ble. A cet aspect, j'éprouvai un sai-
sissement que je ne fus pas maîtresse
de réprimer.

—Dieu! M. Steuerwald! m'écriai-
je, avez-vous donc été malade?

— Oui! me répondit-il avec un
sourire triste et doux, fort malade!
mais pas assez pour en mourir,...
quoique j'aie bien souffert... Ces mots
retentirent douloureusement dans
mon âme, comme le glas funèbre
annonçant la mort d'un ami.

Quelques jours se passèrent. Un
matin Ludwig entre chez moi, les
yeux en pleurs.

—O ma tante! s'écrie-t-il, Steuerwald, mon cher Steuerwald est bien

malade ! — Dangereusement, dit le forestier, je viens de le voir.... Il est là, étendu dans son lit ; il sourit, et dit des choses si tristes et si touchantes ! il parle d'une fiancée. Le pasteur et le forestier, en l'entendant, se sont mis à pleurer ; ils m'ont fait sortir de la chambre parce que je pleurais trop haut, mais je ne pouvais m'en empêcher....

A ce discours, une terreur glaciale, pétrifiante s'empara de tout mon être : — Tais-toi ! m'écriai-je hors de moi, tais-toi, Ludwig, tes paroles me tuent !... Hélas ! il va mourir ! Tu l'aimes, Ludwig ! et moi aussi je l'aime ! bien d'autres encore... qui mourront après lui... ajoutai-je à demi-voix.

— Oui, c'est bien vrai, reprit l'enfant en sanglotant, tout le monde l'aime ; ses domestiques se regardent tristement, les gens du village s'assemblent devant la maison pour savoir de ses nouvelles ; personne ne travaille, on parle bas, on fait tout doucement, on pleure comme s'il était déjà mort...

Je renvoyai l'enfant, et je m'abandonnai à toute la violence de ma douleur. Quand je me retrouvai avec ma famille, ma tristesse et mon émotion en parlant de ce funeste évènement ne parurent que naturelles, car nous étions plus ou moins affectés du danger où se trouvait un homme que nous estimions tous. Sept jours s'écoulèrent, sept jours épouvantables! dans l'incertitude la plus cruelle; pendant lesquels la jeunesse et la vie luttèrent de toutes leurs forces contre la mort. Tous les soins, tous les secours de l'art furent prodigués au malade; mais en vain, la mort avait marqué sa proie ; le soir du septième jour, le médecin déclara que le malade ne passerait pas la nuit.....

J'étais dans le jardin quand le forestier, qui vient chaque jour m'apporter des nouvelles, m'apprit cet

arrêt funeste : — Ah! mademoiselle!
s'écria cet homme en pleurant, mon
cœur est brisé! mon pauvre jeune
maître!... faut-il que moi, qui suis
déjà un vieillard, je le voie ainsi
mourir à la fleur de son âge!... Si
vous le voyiez! il est sans connaissance, ses yeux sont ouverts, mais il
ne voit ni n'entend.

En disant ces mots, il se détourna,
et ne vit point la douleur qui pâlis-
sait mes joues; je m'appuyai contre
un arbre, presque hors d'état de me
soutenir. Dans ce moment, Ludwig
accourt vers moi, se précipite dans
mes bras, en s'écriant d'une voix
plaintive : — Ah, Sidonie! je veux

le voir! mon pauvre ami! Bonne Sidonie, ils ne veulent point m'y conduire.....

Soudain je pris l'enfant par la
main, je jetai un voile sur ma tête :
— Viens, Ludwig, tu le verras, dis-
je, bien résolue à le voir moi-même.

Nous sortîmes tous deux par la
porte que le forestier avait laissée
entr'ouverte. C'était le soir, la lune
brillait dans un ciel pur; quel con-
traste avec la scène qui m'attendait!
Tous les rossignols chantaient leurs
amours, les insectes voltigeaient dans
l'air embaumé sur les arbres en
fleurs; la nature était si riante, si
paisible, et deux cœurs brisés tra-

versaient dans l'angoisse cette scène
éclatante de joie! Nous marchions
rapidement, en peu de minutes nous
arrivâmes devant la maison de Steuerwald. Pour la première fois, j'entrai
dans l'enceinte fleurie qui l'entoure.
Ludwig m'entraînait; nous passâmes
par une porte latérale, et avant que
je pusse m'en douter, je me trouvai
devant la porte de la chambre du
malade. L'enfant, familier avec les
localités, l'ouvrit doucement; la garde était assise et endormie; une
lampe posée sur un meuble ne jetait qu'une lueur triste et funèbre
sur tous les objets... Ludwig se jeta
à genoux devant le lit, et pressa de

ses lèvres la main de son ami mou-
rant. Je retirai l'écran qui empê-
chait la lumière d'éclairer son visage, car je voulais le voir une dernière fois. Pâle, sans mouvement,
respirant à peine, ses yeux étaient
fermés, et l'on eût dit qu'il sommeil-
lait.

Tout à coup il souleva ses pau-
pières appesanties; son regard éteint
s'arrêta sur moi. Un céleste sourire
erra autour de ses lèvres décolorées : — Sidonie! Sidonie! murmu-
ra-t-il.....

— Oui, c'est moi, dis-je d'une
voix étouffée; c'est Sidonie, qui
vous aime et qui ne survivra point

à la douleur de vous perdre !.....

En même temps je posai mes lèvres sur ses lèvres déjà froides. Il
sourit encore une fois ; sa poitrine
exhala un faible et dernier soupir,
et son œil plein d'amour se referma
sous l'aile de la mort.

— Sidonie ! Sidonie ! me dit Ludwig, tu deviens aussi pâle que lui !
Vas-tu aussi mourir ?

Il prit ma main et m'entraîna
hors de la chambre. Je fis le trajet
jusqu'au château presque sans m'en
apercevoir. Arrivée dans ma chambre, je pris Ludwig dans mes bras,
cet enfant qu'il aimait, et je me mis
à fondre en larmes.

— N'est-ce pas, Sidonie, me dit-
il tout bas, il ne faut pas que l'on
sache que tu l'as vu?...

— Oh! non, personne! lui répondis-je dans l'angoisse de la douleur;
personne ne doit savoir que je l'aime,
personne que Dieu et la mort!....

Il me le promit; et l'émotion qu'il
éprouvait, éclairant peut-être sa
jeune intelligence, il mit à cette promesse un sérieux qui me tranquil-
lisa.

La soirée étant avancée, je cou-
chai moi-même ce cher petit. Ensuite je retournai dans ma chambre,
où je demeurai seule, sans lumière,
plongée dans une morne stupeur;

écoutant, en retenant mon haleine, pour saisir le moindre bruit du dehors , comme si quelque messager dût venir m'annoncer.... je ne sais quoi,... comme si j'avais encore quelque chose à espérer. Au milieu de ce silence effrayant, des sons lugubres se firent entendre :... c'était la cloche des morts de la chapelle de Greifenberg, qui ne sonne que pour annoncer le trépas de l'un de ses habitants. Je sentis alors mon cœur se briser; la certitude de mon malheur ôta à ma douleur toute retenue ; je me tordis les mains, je poussai des cris aigus, j'appelais la mort : enfin j'étais hors de moi. Ma belle-sœur

accourut; effrayée de cet état, elle
en demandait en vain la cause.

— Je veux partir! je veux partir,
répétai-je, car je sentais qu'il fallait
m'éloigner si je ne voulais pas trahir
mon secret.

— Et où veux-tu aller ? me dit ma
sœur, avec la plus tendre inquiétude.

— Il faut que j'aille voir ma tante;
je veux partir cette nuit même.

— Mais, c'est impossible; il est
plus de minuit. Mon amie, qu'as-tu
donc? as-tu fait un mauvais rêve?

— Oh! oui, je rêvais! je voyais ma
tante, mon amie, mourante, éten-
dant ses bras vers moi, et m'appe-

lant d'une voix défaillante, dont le souvenir me glace encore... Elle est malade, elle se meurt peut·être; elle m'appelle. Oh! laissez-moi, laissez-moi partir !

Mes larmes, mon tremblement, ma pâleur, tout confirma le subterfuge inspiré par mon désespoir. Ma sœur céda à mes instances; elle alla prévenir mon père; mon frère se leva; on mit les chevaux, et au point du jour je partis pour Sandersleben, où j'espérais vous trouver, chère tante. Votre absence momentanée de chez vous m'avait d'abord rejetée dans le désespoir d'où je sortais à peine; j'avais tant besoin de vous!

de pleurer sur votre sein compâtis-
sant !... Privée de ces douces conso-
lations, j'ai épanché mon âme sur le
papier : en retraçant cette lamen-
table histoire, c'était m'entretenir de
lui encore....

J'ai passé toute la nuit à écrire.
Dans ce moment une douce et brillante aurore éclaire mes fenêtres ;
comme à Greifenberg, le rossignol
continue ses chants, la nature suit
sa marche solennelle et paisible ;
rien n'est changé au ciel, sur la terre. Les soupirs des mourants, les cris
de la douleur, n'interrompent point
son éternelle harmonie ! Qu'importe
un cœur brisé de plus ! une félicité
détruite à jamais !

Steuerwald a Siegmund.

Sidonie était donc fiancée! ce mot qu'elle même avait prononcé renversait tous mes plans, et avec eux toutes les espérances de ma vie, car je commençais à me flatter d'être aimé.... Mais ce n'était point sans intention qu'elle m'avait fait cette funeste confidence; elle avait voulu m'ôter tout d'un coup tout espoir, et elle y avait réussi.

Le séjour de Greifenberg me devint odieux, je partis précipitamment pour Berlin; je passai l'hiver, me jetant, contre mes habitudes, dans le tourbillon des plaisirs du carnaval ; mais tous mes efforts pour me guérir furent vains : le monde, les spectacles, les assemblées, tout fatiguait mon esprit, sans égayer mon âme. La musique même, cette voix du monde intellectuèl, avait perdu pour moi tous ses charmes. Aussi, dès que le premier souffle du midi fondit la neige, que l'allouette s'éleva dans les airs en perlant sa cadence, nulle puissance ne put me retenir à la ville.

En approchant de Greifenberg, le trouble de mon cœur augmenta de moment en moment ; hors d'état de le comprimer, je passai plusieurs

jours à battre les environs, sans pouvoir me décider à rentrer dans ce
lieu, où j'avais éprouvé des émotions si diverses. Enfin, j'arrivai à
Greifenberg, comme la première fois,
par une belle matinée du printemps.
J'ouvris ma fenêtre, et regardai de
toutes parts ; la fenêtre de Sidonie
me parut également ouverte ; je
m'abstins de monter mon télescope
et de le diriger de ce côté : est-ce à
moi, téméraire ! d'arrêter maintenant ma vue sur la fiancée d'un autre ? car je savais qu'elle n'était point
encore mariée ; mais je passe tout le
jour, et ceux qui suivent à parcou-
rir les lieux où je l'ai vue ; les bords

du lac, la forêt, et cet endroit enchanté appelé le *Repos de Sidonie*;
partout je la cherche, je la demande, et pourtant je n'ose affronter sa
présence....

Le hasard l'offrit enfin à mes
yeux ; elle était belle et éblouissante
de fraîcheur; toutefois, en m'aper-
cevant une légère pâleur ternit un
instant l'incarnat de ses joues, et
avec un accent qui trahissait une
secrète émotion, elle me demanda si
j'avais été malade; je ne sais quelle
fut ma réponse, tant sa voix et son
regard m'avaient troublé. Hélas! en
la voyant là, devant moi, si ravissante, je sentais au fond de l'âme

avec une inexprimable douleur tout
ce que j'avais perdu !...

Je portais en effet dans mon sein
le germe d'une maladie grave qui
ne tarda point à se déclarer. Mes
amis s'inquiétèrent de mon état; j'en
souriais, car il ne me semblait point
alarmant. Je n'avais fait qu'une
seule visite au château, et Sidonie
n'avait point paru ; cette indifférence
me causa une grande tristesse : je
devins morose ; mon seul plaisir
était de me promener avec le petit
Ludwig. Elle aimait cet enfant, il lui
ressemblait beaucoup ; sans cesse il
me parlait de Sidonie, qu'il adorait,
et je puisais dans son entretien naïf

un funeste aliment à la flamme qui me dévorait; je sentais avec confusion que je me laissais subjuguer par une passion sans espoir ; et parfois je ne me dissimulais point qu'en m'y livrant ainsi je pourrais devenir coupable. Alors, triste et découragé, las du combat, et sans force contre mon propre cœur, je pensai sérieusement à quitter la vie... Dans cette disposition d'esprit, un jour je feuilletai mon album pour prendre congé de tous mes amis ; ton nom, cher Siegmund, ainsi que cette sentence écrite, par toi sur la première page, frappèrent mes regards : — *La volonté de l'homme est plus puissante que*

la destinée. Ces paroles furent pour
moi un oracle du ciel , rendirent la
force à mon âme, et me rattachèrent
à la vie; je résolus d'aller te retrouver en Italie, et je fis dès le jour
même tous mes préparatifs pour ce
voyage. Mais il était trop tard : le
changement subit de mes sentiments
avait épuisé le reste de mes forces
physiques; je me mis au lit, et une
maladie sérieuse en se déclarant mit
obstacle à mes projets. Dès le dé-
but je perdis toute connaissance; les
jours, les nuits se passèrent dans le
délire de la fièvre, et je crus n'avoir
fait qu'un long sommeil.

Je m'éveille enfin, et tout à coup

je sens comme un fleuve de vie couler dans mes veines... Dans un songe
délicieux Sidonie m'était apparue,
elle s'était penchée sur moi, ses lèvres avaient touché mes lèvres, mais
en ouvrant les yeux j'avais vu fuir la
ravissante vision....

— Qui donc est venu me voir? demandai-je aussitôt que je pus parler.
Le souvenir de ce songe était si vif,
qu'il me semblait une réalité : la garde
me nomma le pasteur, sa femme,
le forestier, sa sœur, mais point du
tout Sidonie.

— Est-ce qu'il n'est venu personne
du château?.... Ma voix était tremblante en faisant cette question.

— Le jeune baron Ludwig vient régulièrement chaque jour, mais personne que lui n'est venu du château.

Je soupirai profondément en déplorant ma douce erreur, et pourtant, Siegmund, c'était elle en effet, Sidonie était venue!... elle-même ;... mais je ne l'appris que trop tard.

Le lendemain Ludwig accourut; il était d'une joie inexprimable, on m'avait cru mort, et mon retour à la vie paraissait miraculeux. En écoutant le petit Ludwig, je prononçai le nom chéri de Sidonie, espérant que les lèvres de l'enfant m'apporteraient un doux message.... Mais j'appris

que Sidonie était partie pour aller
voir sa tante la comtesse de Forbach,
qu'un songe lui avait représentée
mourante. Partie!.... le jour où l'on
sonnait mon agonie!.... était-ce donc
là de l'amour?.... Un songe l'appelle
auprès d'une amie, et l'éloigne sans
effort du tombeau où mon amour
pour elle me précipite!.... Et pourtant je l'aimais encore!....

Cependant, avec la vie, le courage
d'un homme était rentré dans mon
sein. Je passai encore un mois à Greifenberg à jouir des douces et salutaires influences du printemps, par-
courant les bois, les vallons, et vivant
presque seul avec l'enfant qui m'était

devenu si cher. De tout ce temps
Sidonie ne reparut point; elle savait
pourtant mon merveilleux retour à
la vie, elle ne revint point.... Alors
j'écrivis à mon oncle que mon désir
était de voyager.

Mon départ de Greifenberg fut
douloureux, il m'en coûtait de quitter ces lieux où j'avais tant aimé et
tant souffert; il me fut pénible aussi
de me séparer de mon jeune com-
pagnon et du brave forestier, qui, je
crois, avait deviné une partie de ce
qui se passait dans mon cœur; mais
l'espoir de guérir ce cœur, si douloureusement froissé, me fit partir avec
courage.

Arrivé auprès de mon oncle, je ne mis pas tout de suite mon projet de voyage à exécution, j'errai dans les environs. Il semblait qu'un lien magique me retînt encore, et m'empêchât de quitter cette contrée.

Mon oncle ᴄurait n voyant toutes ces allées et ces venues.

— Que diable cherches-tu donc? me dit-il un jour; après quoi cours-tu?

— Après une femme.

— Comment! comment! une maîtresse!

— Non, mon oncle; mais une fiancée pour remplacer celle que j'ai

perdue... Mon cœur inquiet cherche le repos qu'un amour malheureux lui a ravi. Enfin je veux me
rengager dans la vie.

— Si cela est ainsi, mon fils, que
Dieu te soit en aide dans tes recherches! Puisses-tu bientôt trouver l'objet de tes vœux! J'espérais un autre
résultat de ton séjour à Greifenberg,
continua-t-il, en me regardant fixement.

Je tombai en pleurant dans ses bras.
— O mon père! m'écriai-je, c'est là ma
plaie douloureuse!... Et si je cherche une fiancée, c'est pour remplacer celle dont un destin cruel me
sépare....

Le bon vieillard me pressa en silence sur son sein : — Ton cœur est pur comme ta vie, me dit-il ; j'espère que tu la trouveras bientôt. Souviens-toi seulement que la nature a fait don de l'amour à l'innocence plus encore qu'à la beauté...

Il me donna un crédit considérable sur divers banquiers, et je partis. Je n'avais rien appris de Sidonie.

Je songeais de bonne foi à me guérir d'une passion malheureuse; et, sans rechercher les distractions, je ne négligeais point les occasions d'occuper mon esprit de choses étrangères à mon amour. Mon on-

cle m'avait donné des lettres de re-
commandation pour quelques-uns
de ses amis à Brunswick. Un jour que
je marchais sur les trottoirs de cette
ville, je vis tout à coup devant moi
Arnold, tu sais? toujours le même,
avec sa taille gigantesque, ses grands
airs, comme tu l'as connu. Je ralentis
le pas pour éviter de me rencon-
trer avec lui; mais, dans ce moment, un homme, qui venait à nous,
passe en courant entre Arnold et
moi, et nous heurte avec une telle
violence, que le géant se trouve jeté
dans une petite boutique de porcelaine, où il disparaît bientôt sous
les débris des tasses et des assiettes

brisées par sa chute. J'étais descendu pour laisser passage à cet étour-
di; mais, à la vue du dégât occa-
sioné par sa maladresse, il restait
là tout stupéfait. Arnold, furieux,
se relève, et saisit au collet l'homme,
qui ne songeait nullement à s'en-
fuir, et qui, s'excusant de son mieux,
ne témoignait pourtant nulle crainte.
« Je paierai le dégât, si toutefois... »
Et il regardait la boutique d'un
air un peu inquiet. Arnold s'empor-
tait en injures; la marchande faisait
l'énumération de ses tasses cassées,
les passants s'attroupaient, l'étranger écoutait, et disait d'un ton assez
plaisant, en secouant la tête : — Ma

foi , la moitié de l'héritage pourra
bien y passer...

La femme n'exigeait pourtant
qu'une somme assez modique. L'é-
tranger tira un portefeuille , puis le
remit dans sa poche, et parut embar-
rassé. Il regardait alternativement
Arnold, la marchande et moi, car je
m'étais rapproché du lieu de la scène.
Enfin, après quelques hésitations, il
me dit : — Seriez-vous assez bon ,
monsieur, pour répondre de cette
somme pour moi pendant une heure?... Je vais chez M. Tel, notaire,
recueillir un petit héritage; à mon
retour, je paierai.

— Très-volontiers ! dis-je aussi-

tôt, touché de sa confiance; et, me
tournant vers la marchande : — Je
suis caution de monsieur, lui dis-je.
L'étranger me serra la main, me sa-
lua, et s'en alla en se retournant plusieurs fois, comme pour me remer-
cier encore. — Toujours le même,
s'écria Arnold! te voilà bien! ce drôle
méritait d'être rossé; il te fait une
escroquerie des plus hardies, et tu te
laisses duper comme de coutume...

— Je crois pouvoir me fier à son
air honnête, répondis-je en tirant
ma bourse pour payer le dommage;
ensuite j'entrai dans le café voisin,
pour voir si en effet cet homme re-
viendrait.

Au bout d'une heure, il arriva tout essoufflé; il s'adressa à la marchande, qui lui indiqua le café où j'étais : — Mon cher monsieur, me dit-il en me regardant tristement, mon affaire est manquée... Mais, n'importe ! Combien avez-vous avancé pour moi?...

En disant, il tira une bourse qui contenait quelques écus, puis, ôtant de son doigt un anneau d'or : — Je ne sais si cela suffira, dit-il à demi-voix, mais c'est tout ce que je possède.... C'est un souvenir de ma pauvre femme... Elle a passé avec moi bien des heures fâcheuses, que son amour, sa bonté, sa patience,

son courage, me rendaient douces
et belles.....

A chacune des perfections de sa
femme, il rapprochait l'anneau de
ses yeux, prêts à fondre en larmes.

— Bah ! dit-il tout à coup, et avec
mélancolie ; ai-je donc besoin de cet
anneau pour me souvenir combien
j'ai été heureux !...

Il y avait dans son accent quelque
chose d'infiniment simple et touchant, et dans ses manières une dignité qui aurait convenu à une meilleure fortune. Je conçus de l'estime
pour celui qui, ayant perdu toutes
ses espérances, venait encore, pour
acquitter sa parole, m'offrir en sa-

crifice l'unique souvenir qui lui restât de son bonheur passé. Je lui dis qu'il me procurerait une grande satisfaction s'il me permettait de rendre un aussi léger service à un homme honnête et malheureux.

Il secoua la tête sans remettre son anneau.—Pourtant, vous vous attendiez à être payé, quoique vous ayez pu voir à mes vêtements que j'étais pauvre...

— Oui, répliquai-je; mais si j'ai attendu, ce n'était que pour m'assurer que l'homme pauvre tiendrait sa parole... Il porta sur moi un regard pénétrant, comme pour s'assurer du sens que j'attachais à ces pa-

roles. Maintenant que je suis sa-
tisfait, laissez-moi le plaisir de vous
avoir obligé, et ne parlons plus de
cette bagatelle. Apparemment que
je mis à ce peu de mots l'expression
convenable : il me serra les mains
d'un air attendri, puis il remit à son
doigt la bague avec une joie visible

Pendant ce temps j'avais fait ser-
vir du café, et l'invitai à déjeûner
avec moi. Je ne pouvais me décider
à laisser aller ainsi ce brave homme.
Nous nous retirâmes dans un coin
de la salle, et, tout en mangeant, je
m'informai de l'affaire qui l'avait
amené à Brunswick. Voici ce qu'il me
raconta, d'une maniere fort originale.

Il s'appelait **Reiche**; ayant étudié avec soin la philologie, il avait été placé comme instituteur dans une maison riche, où il fit l'éducation de six enfants pour un traitement fort modique. Au bout de douze ans de soins et de travaux, il obtint, après bien des sollicitations, une petite place de contrôleur des forêts, avec sept cent cinquante francs d'appointemens, une habitation dans une contrée fort sauvage, et privée de toutes les ressources que l'on trouve dans les lieux fréquentés par les hommes. Telle fut la récompense dont ses protecteurs payèrent son zèle et son dévoûment. Il se vit con-

traint de s'en contenter, car il n'a-
vait pas d'autre moyen d'exister, et
d'épouser une jeune fille qu'il aimait,
et qui, ayant perdu ses parents, ne
possédait rien dans le monde, que
ses vertus et son amour. •

— Si je n'avais pas aimé ma femme, si je n'avais pas été possesseur
d'une petite bibliothèque, et si ma
ménagère n'avait pas été la plus éco-
nome des femmes, j'eusse été perdu
dans cette solitude, où tout nous
manquait; mais avec ma pauvre Marie, la vie me parut chaque année
plus légère; petit à petit nous ap-
prîmes à nous mieux arranger de
notre destin, si bien que plus d'une

fois je me trouvai non-seulement
à mon aise, mais presque riche. On
ne pouvait comprendre comment
avec un aussi mince emploi je sou-
tenais ma petite famille, moi même
je ne le comprenais pas ; hélas! ma
bonne femme rendait toutes ces mer-
veilles possibles !... mais depuis quatre ans....

Ici son regard se leva vers le ciel :
je le compris, et je gardai le silence,
pendant lequel Reiche semblait s'entretenir tout bas avec une image in-
visible. — J'ai une fille, reprit-il,
avec un soupir; c'est tout le portrait
de sa mère! Elle fait bien tout ce
qu'elle peut pour la remplacer et

pour adoucir la douleur que cette perte a laissée dans mon âme... C'est une aimable et bonne fille ! Ah ! monsieur ! c'est pour cet enfant que j'éprouve une vive et continuelle sollicitude ; c'est pour elle que j'aurais désiré cet héritage, qui m'a amené ici et m'a fait faire un voyage coûteux ; j'ai dépensé beaucoup d'argent pour apprendre que mon parent est mort sans laisser de testament. On dit que je pourrais plaider contre ceux qui se sont emparés de la succession, mais je crains les procès autant que je les hais, et puis je suis si pauvre ! Bah ! continua-t-il en souriant, il faut que l'homme s'en rapporte à la Providence, et ne se presse point tant de courir après la fortune; autrement on tombe étourdiment sur les gens, on brise des porcelaines, et quand on n'a pas de quoi les payer, c'est triste!... Mais dans mon malheur le ciel ne m'a point oublié, puisqu'il m'a fait faire la rencontre d'un être humain et bienveillant comme vous, monsieur, et qui me procure le plaisir de boire en ce moment une liqueur exquise dont je n'ai pas goûté depuis plus de vingt ans.» En disant ces mots, il porta sa tasse de café à ses lèvres, et parut en savourer la parfum avec délices.

Cet homme m'intéressait; son récit m'avait fait naître le désir de lui
être utile, et je ne pouvais me résou-
dre à le laisser partir ainsi. Je l'en-
gageai à passer avec moi le reste de
la journée, car j'avais le projet de
lui faire accepter une petite somme
d'argent pour continuer son voyage;
mais je ne savais trop comment m'y
prendre. Il voulut d'abord refuser de
me suivre, prétextant l'impatience
où il était de retourner chez lui;
pourtant mes instances le détermi-
nèrent : il vint à mon auberge, et
quand nous fûmes seuls j'annonçai
mon désir de la manière que je crus
la plus convenable et la plus délica-

te; il secoua la tête d'un air qui lui était tout particulier.

— Hum! dt-il, en baissant les yeux, je ne sais en vérité comment me conduire avec vous, monsieur, vous m'embarrassez extrêmement... Refuser serait une fierté déplacée, puisque vous êtes riche et bon, et que je suis pauvre et reconnaissant;... et pourtant comment voulez-vous que j'accepte?...

Il garda un moment le silence; puis, se jetant à mon cou, d'abord en riant, bientôt je sentis couler ses larmes sur mon visage. Eh bien!... oui, dit-il, toujours appuyé sur mon épaule, oui, je crois que je

puis accepter ce que vous m'offrez
avec tant de bonté....

Mon cœur était vivement ému des
manières de cet homme ; je lui re-
mis quelques pièces d'or dans un
papier ; la somme lui parut trop
forte de moitié.

— Acceptez, mon cher monsieur,
lui dis-je avec chaleur, acceptez, non
comme d'un homme à un homme,
mais comme d'un frère à un frère! Dites-moi, ne voulez-vous pas porter
quelques bagatelles à votre fille, une
robe, des rubans?.... Ne voulez-vous
pas lui faire ce petit plaisir, ainsi
qu'à vous?....

Il me regarda fixement, et, me

serrant la main :—Ah, monsieur! me
dit-il, que faites-vous de moi! et
comment vous résister !....

Nous prîmes rendez-vous pour
aller le lendemain faire ces petites
emplètes; mais, à l'heure convenue,
il ne vint point. J'allai à son auberge,
et je le trouvai malade; son regard
était plein de tristesse et d'angoisses.
Je pris sa main; elle était brûlante,
il avait beaucoup de fièvre.

—Vous souffrez, mon cher ami,
lui dis-je, en quoi puis-je vous être
utile?....

—Ah! je n'ai besoin de rien, répondit-il avec un accent mélange
d'inquiétude et de résignation; mais...

s'il faut que je laisse ma pauvre fille,
seule, sans ressource pour vivre....

— Mon cher Reiche, dis-je aussitôt
en plaçant la main sur mon cœur,
soyez tranquille et parfaitement ras-
suré à cet égard, car vous avez ac-
quis en moi un ami, un protecteur
pour votre fille!

— Excellent homme! s'écria-t-il
en appuyant sa main sur mon cœur;
mais.... vous êtes si jeune!...

— Que cela ne vous cause ni défiance ni souci, mon digne ami, je
suis un homme loyal : je jure, par
cette main paternelle qui tremble
dans la mienne, que je serai digne
de votre confiance, et je promets à

votre fille l'appui d'un ami et tous
les soins d'un bon frère!

A cette promesse, faite avec toute
la chaleur d'un cœur sincère, je vis
des larmes gagner les yeux brûlants
du malade ; il joignit les mains , et
s'écria en grec :

Πιστος εν κακοις ανηρ κρεισσων γαληνης
ναυτιλοιν εισοραν[1].

Ce vers, qu'il récita avec un accent
plein d'émotion, fut pour moi une
voix céleste, qui me rappela d'une
manière soudaine et bien douce les
plus beaux jours de ma jeunesse et
ton souvenir, ami de mon cœur! Te
souvient-il, Siegmund, dans quelle

[1] « Dans le malheur, la vue d'un ami est plus douce
» que n'est au nautonnier le calme après l'orage. »

occasion nous le prononçâmes?....
Il nous rendit amis pour la vie....

Je fis venir un médecin, et pro-
diguai tous les soins au malade ; je
m'établis auprès de lui : ma main lui
présentait les boissons, les potions,
et je suis convaincu que l'intérêt que
je pris à son état lui fit plus de bien
que toutes les ordonnances de la mé-
decine. Au bout de quinze jours, il
fut en état de partir. Je disposai tout
pour que son voyage se fît le plus
commodément possible ; enfin nous
nous séparâmes, lui comme un père
tendre, et moi comme un fils affec-
tueux.

J'étais encore à Brunswick, quand

je reçus de Reiche une lettre, expression touchante d'une noble gra-
titude. Cette lettre en contenait une
autre d'une écriture charmante; elle
était de Minna, la fille de Reiche; je
la copie ici, pour que tu juges de l'effet
qu'elle dut produire sur moi.

MINNA REICHE A STEUERWALD.

Holzeck.

Mon cœur me commande de vous
écrire, monsieur, et pourtant un
grand trouble m'agite en lui obéis-
sant; comment vous exprimer ce qui
se passe en moi?... Comment vous
dire qu'après mon père, qu'après le
souvenir de ma mère, vous m'êtes
plus cher que toute chose sur la

terre?... Peut-être que si je vous parlais je me ferais mieux comprendre; les caractères de l'écriture sont morts, ils n'ont ni âme, ni mouvement; il manque aux mots les plus doux le sourire de la reconnaissance, les larmes joyeuses de l'amour, et le langage expressif du regard....

» Mon père dit que vous ne voulez point de remercîments. Ah! monsieur! c'est un besoin pour moi de vous adresser les miens... Vous ne savez pas combien je vous suis redevable!... Non-seulement vous m'avez conservé mon père, vous l'avez en-touré de soins généreux, mais vous avez procuré à mon âme une vie nouvelle... Comment vous expliquer ma pensée?... Voyez-vous, autrefois tout ce que je possédais se bornait au cercle étroit de notre petite vallée; la maisonnette dans laquelle je suis née, le chemin ombreux du ruisseau, notre temple de feuillage: le ciel pur du jour, les étoiles brillantes de la nuit, le printemps paré de ses fleurs, l'été avec ses fruits, l'automne et ses beaux oiseaux, ses riches couleurs, le tombeau de ma mère sur la colline :.. tels étaient mes trésors, et certes je n'étais pas si pauvre, mais aujourd'hui que je sais qu'au-delà de ces collines bleues,

que mon père appelle des montagnes, sur une terre éloignée, il y a
un protecteur, un frère, une âme
qui pense à moi, des lèvres qui pro-
noncent peut-être quelquefois mon
nom,... et que si jamais le malheur
que mon père redoute..... Ah! les
larmes d'une douloureuse émotion
troublent ma vue à cette seule pensée...Si ce malheur fondait sur moi,...
j'ai loin d'ici un autre père vers lequel je me réfugierais, et qui ac-
cueillerait avec bonté l'orpheline
quand elle lui dirait : — C'est moi! je
suis Minna, la fille de ton ami... Ah!
monsieur! pouvez-vous concevoir,
vous qui vivez dans le monde, com-

bien il est doux, dans la solitude, de
penser que l'on n'est point tout-à-
fait isolé sur la terre! Depuis que
je sais que vous existez, je ne suis
plus seule; je vous vois dans mon
sommeil, j'entends le son de votre voix, que mon père dit être si
doux; je vous conduis dans tout
mon petit empire, je vous fais ad-
mirer le troupeau que je nour-
ris, les abeilles que je soigne, les
fleurs que je cultive sur la tombe
de ma mère...

Ah! il faut que je cesse, mon père
trouve ma lettre déjà trop longue;
sachez seulement, digne ami de mon
père, que vous avez agrandi mon

univers, que par vous ma vie s'est
éclairée d'une vive lumière, que vous
avez rendu plus nobles, plus calmes
et plus doux tous les sentiments de
mon cœur. Maintenant je regarde le
ciel avec espérance ét joie, car votre
figure amie y habite, comme partout où je suis.

Vous voyez bien qu'il fallait que
je vous fisse mes remercîments. Ac-
ceptez-les avec cette bonté qui ac-
compagne, dit-on, vos moindres actions.

MINNA REICHE.

La lecture de cette lettre me causa
une vive et singulière impression.
Cette jeune fille vivant sous l'ombre

de sa forêt, entourée de ses fleurs, de ses troupeaux, me parut d'abord une de ces créations délicieuses enfantées par l'imagination des poètes; puis tout à coup je vins à penser, je ne sais comment, à l'âge dejà avancé de son père, et, d'après mes calculs, je me figurais que cette jeune fille, dont le langage était empreint de la naïve candeur de quinze ans, pouvait bien en avoir vingt ou peut-être vingt-cinq. Je me rappelai en même temps ce que Reiche m'avait dit du peu de beauté de sa fille, dont il vantait le cœur en même temps que l'esprit. Ces réflexions nuisirent beaucoup à l'image de la gracieuse

bergère que mon imagination m'avait
présentée, et cette nymphe aux formes élégantes perdit un peu à ce calcul. Toutefois je n'en mis que plus de
zèle à renouveler au père ma promesse d'être le protecteur de sa fille,
et je répétai en moi-même ce serment
avec la ferme intention de le tenir.
Le premier effet de cette lettre avait
été puissant; mais il se dissipa au
premier souvenir de Sidonie, dont
l'image était gravée en traits de
flamme dans mon cœur!

Six mois s'écoulèrent. Le carnaval de Berlin; une visite à Greifenberg, où je ne passai que vingt-quatre heures, et ne parlai à personne

qu'à mon petit favori Ludwig, avaient
tout-à-fait effacé de mon souvenir
la jolie lettre et l'âme charmante
qui l'avait dictée : avec le printemps
j'avais repris mes petits voyages. En
passant à Br..., et cherchant une
lettre que j'avais à remettre à quelqu'un, celle de Minna me tomba sous
la main, et je me rappelai que Holzeck devait être dans les environs.
Je me déterminai à aller voir le digne Reiche, puisque j'en avais l'occasion. Mais, je l'avoue, ce fut sans
un grand empressement, et plutôt
pour remplir ma promesse, que je
fis cette démarche ; car la fille du
contrôleur, que je soupçonnais être

presque laide, me paraissait, avec ses
phrases, plus romanesque qu'en-
thousiaste. Ce fut dans ces dispositions que j'arrivai au village le plus
voisin d'Holzeck. On me dit que ma
voiture serait obligée de faire un détour de deux lieues pour arriver à
Holzeck; mais qu'il y avait un sentier à travers le bois pour les gens
de pied, et qui raccourcissait le
chemin de beaucoup. Il n'y avait
pas à s'y tromper; le sentier suivait
le bord du ruisseau, et conduisait
tout droit à la maisonnette du contrôleur. Je dis à mon domestique
de continuer la route, et moi, je pris
le petit chemin ombragé.

Une fois en marche, je ne pensai qu'à
la joie et à la surprise du brave Reiche
en me revoyant. Le chemin que je par-
courais était si rempli de détours,
tantôt passant sur des côteaux, tantôt descendant jusque dans les pro-
fondeurs du bois, que mon imagination n'était occupée que des sites
que je traversais. La tranquillité de
ces beaux lieux n'était animée que
par les chants de mille oiseaux du
printemps. Les accents du rossignol
retentissaient sous l'ombrage de ces
arbres séculaires. De temps en temps,
une biche ou un chevreuil, en se
montrant à l'issue du sentier, annonçaient par leur présence combien

cette forêt était paisible et solitaire.

Peu à peu le chemin devint plus large et plus frayé : on commençait à deviner le voisinage de l'homme. Des bancs de gazon sur le penchant de la colline, des groupes de fleurs cultivées avec soin, un bosquet de rosiers planté en rond, plus loin un allée de jeunes chênes, garnis de chèvrefeuilles, annonçaient des soins pris dès long-temps et continués avec persévérance.

Tout à coup, je me trouvai à l'entrée d'une voûte de verdure d'une hauteur et d'une étendue considérables. Aux branches des grands arbres s'attachaient des guirlandes de

vigne sauvage, d'aristoloché et d'autres plantes grimpantes qui, s'élan-
çant d'un arbre à l'autre, de branche
en branche, formaient comme des
murs épais et des voûtes impénétra-
bles au soleil. Cette salle de verdure
fraîche et embaumée aboutissait à
une espèce de sanctuaire, consistant
en un dôme formé de jeune arbres,
entourés, comme la salle qui précédait, de lianes et de lierre. Une ou-
verture était ménagée au centre du
dôme, et une lumière douce arri-
vant dans cette obscure et verte re-
traite lui donnait quelque chose de
mystérieux, de solennel et tout-à-
fait en rapport avec sa destination;

car je me rappelai alors le temple
de verdure dont Minna parlait dans
sa lettre, et je ne doutai point que
je ne fusse dans ce lieu si sacré pour
la jeune fille des bois.

Deux bancs couverts de mousse
sèche et fine, une table formée de
grosses pierres assemblées, comme
une manière d'autel, étaient tout l'a-
meublement de ce temple de la nature, plus auguste et plus saint,
peut-être, qu'aucun de ceux qui furent jamais élevés à Dieu par la main
des hommes.

Je me reposais avec plaisir sur la
mousse élastique de l'un des bancs,
et je découvris partout des traces

charmantes d'un goût délicat, d'une imagination riante ; un tapis de gazon couvrait tout le sol, excepté autour de l'autel et des deux bancs, où un sentier de sable fin préservait les pieds de l'humidité qui régnait sous ces ombrages. Sur la table était posée une corbeille de jonc artistement travaillée, et remplie d'une pyramide de fleurs champêtres, qui par leurs formes, l'éclat de leurs couleurs et le goût qui avait présidé à leur arrangement, auraient pu l'emporter sur les plus beaux produits de nos jardins.

Le cœur ouvert à une multitude de sensations douces et nouvelles, je repris le chemin du ruisseau, et j'aperçus à son extrémité, au milieu d'une prairie, le toit rouge d'Holzeck, se détachant à travers la verdure des arbres ; mais aucun bruit, aucune voix humaine ne se faisait entendre dans cette profonde solitude.

Je continuai lentement à marcher vers un jardin fermé d'une haie vive ; il était rempli de légumes et de fleurs ; là le chemin se partageait, je pris le plus frayé, et j'arrivai à un quinconce de grands tilleuls, qui précédait la petite maison ; admirant tout à la fois l'aspect enchanteur de ces éjour, et le bon goût de

celui qui avait su l'embellir, quand
un objet plus ravissant que tout ce
que je venais de voir frappa alors
mes regards.

Sur un tertre en forme de lit de
repos, et revêtu de gazon, reposait
une jeune fille endormie, légère-
ment appuyée sur le plan incliné,
et la tête un peu renversée en ar-
rière ; une de ses mains, tenant à
peine son ouvrage, tombait négli-
gemment à côté d'elle ; l'autre, à
demi ouverte, reposait sur son ge-
nou. Une chevelure soyeuse d'un
brun clair, à demi retenue par un
cordon de fleurs des champs, re-
tombait en grosses boucles sur son

épaule.gauche. Une robe d'une étoffe
commune, mais blanche, et d'une
coupe gracieuse, entourait la taille
la plus souple et la plus élégante que
j'aie jamais vu. Décrire le charme
répandu sur la figure de la dormeuse, impossible!... C'était une
nymphe, une déesse, Psyché, une
bergère; ou plutôt, au sourire de ses
lèvres mi-closes, au calme religieux
empreint sur son front, on eût dit
un de ces anges de paix avec lesquels elle semblait, dans ce moment, se jouer dans son sommeil.
Eh quoi! pensai-je, est-ce donc là
cette Minna que son père disait
pourvue de si peu de beauté?.....

Dieu ! quand ces yeux, dont la coupe est si pure, animent ce charmant visage; quand cette bouche, semblable à un bouton de rose, s'entr'ouvre pour parler et pour sourire... Mais elle doit être ravissante!... Et je demeurai là devant elle, immobile et comme enchaîné à ma place, par la surprise et l'admiration; je ne pouvais m'arracher à l'enchantement que me causait ce doux aspect.

Pourtant, de peur d'effrayer la dormeuse en offrant inopinément à ses yeux un étranger, je m'éloignai doucement et me dirigeai du côté de la petite maison, non sans tourner la

tête plus d'une fois vers la jeune fille.
J'ouvris la porte; le bruit qu'elle fit
n'attira personne; j'écoutai, pas le
moindre mouvement dans la maison
qui annonçât la présence du maître :
j'entrai dans un petit salon au rez-
de-chaussée, dont le simple ameu-
blement consistait en quelques chai-
ses de bois bien cirées, au milieu
une table recouverte d'un tapis, un
petit miroir suspendu à la muraille,
des tablettes contenant des livres, et
dans un coin un petit buffet où bril-
laient des verres et quelques tasses de
porcelaine du pays; des vases de fleurs
posés sur l'appui des fenêtres, sur la
table, sur la cheminée, et une extrê-

me propreté faisaient tout l'orne-
ment de cette pièce. Un rouet et une
corbeille à ouvrage placés près d'une
des fenêtres; une table, une écri-
toire, des papiers et des livres près
de l'autre, désignaient le lieu où se
tenaient ordinairement le père et la
fille. Deux tilleuls odorants plantés
devant les fenêtres, leur servaient
comme d'auvent, et leur ombrage
transparent jetait dans la chambre
un jour doux et favorable aux yeux.

J'appelai, je frappai, personne ne
vint; j'eus le temps de feuilleter un
Homère entr'ouvert sur la table; je
trouvai aussi dans la petite bibliothèque mon cher Hérodote; enfin,

voyant que la maison était déserte, je pris le parti d'aller m'asseoir sur un banc devant la porte, et d'attendre là avec patience le réveil de la belle endormie. De la place où j'étais, je pouvais apercevoir sa robe blanche.

Il y avait à peine un quart-d'heure que j'étais sur ce banc, quand je la vis faire un léger mouvement; elle s'éveillait. Bientôt elle se lève, et la voilà qui arrive, son chapeau de paille suspendu au bras, son ouvrage à la main; elle s'avance lentement, regardant tour à tour la prairie, le ciel, les oiseaux, un papillon posé sur une fleur; et, toute occupée ainsi, elle se trouve à dix pas de moi sans m'avoir encore aperçu. Je m'étais levé aussi pour aller à sa rencontre. Au bruit de mes pas, elle s'arrête et m'aperçoit : une sorte d'embarras timide, et non sans grâce, se peint soudain dans toute sa contenance; elle remet son chapeau et secoue les brins d'herbe attachés à sa robe; je m'avançai alors, et, la saluant : — Je suis sans doute à Holzeck, chez M. Reiche?... lui dis-je.

Aussitôt son œil s'anima, de jolies fossettes se formèrent sur ses joues roses, et sa bouche s'embellit du plus gracieux sourire en me répondant : — Oui, monsieur !.... Puis, inclinant

la tête d'une manière toute charmante, elle ajouta : — Soyez le bien
venu sous notre toit hospitalier....

 Tandis qu'elle prononçait ces mots
avec un accent très-doux, je voyais
errer sur ses lèvres une question que
je devinais dans son regard, toujours
plus brillant, dans la rougeur pro-
gressive de son visage, et surtout dans
le geste de sa main étendue, et ap-
pelant la pression d'une autre main.

 — Ainsi vous êtes mademoiselle
Minna ? lui dis-je amicalement. —
Et vous....? s'écria-t-elle, en faisant
un pas en avant et s'arrêtant subitement....

 — Je me nomme Steuerwald....

À ces mots son visage s'éclaira de
cette lueur de joie vive et subite, que
l'on peut comparer au soleil lorsqu'il
se montre après avoir été caché par
un épais nuage, et qu'il rend visibles
à la fois tous les trésors du printemps.
Elle prit ma main, la pressa, la porta
à ses lèvres avant que je pusse l'en
empêcher, puis sur son sein, agité
par les transports de la reconnaissance.

— C'est vous! s'écria-t-elle; enfin,
vous venez donc nous voir!.... Ah!
je n'en ai pas douté,.... non, je n'en
ai jamais douté.... Mon père ne le
croyait pas;.... il disait.... Mais moi!
oh j'en étais sûre!....

—Où est donc votre père, mademoiselle Minna? lui demandai-je,
pour lui donner le temps de se remettre.

—Où il est? dit-elle d'abord en
courant vers la maison. Ah! mon
Dieu! il n'est pas ici; il est allé porter
ses comptes à l'administration des
forêts.... Oh! pourquoi faut-il que
ce soit précisément aujourd'hui!....
Mais il faut que vous l'attendiez....
N'est-ce pas que vous l'attendrez?....
Voyez, continua-t-elle, nous avons
toujours quelques grâces à vous de-
mander; mais celle-ci, vous nous
l'accorderez volontiers n'est - ce
pas?...

— De tout mon cœur, aimable

Minna, si pourtant je ne vous cause
point d'embarras...

— De l'embarras! vous? dit-elle
en s'étonnant d'abord et demeurant
ensuite pensive. Il est vrai, continua-t-elle, que vous êtes habitué à
un autre genre de vie que le nôtre;...
et je ne pourrai pas vous procurer
ici.... Et il faut justement que mon
père soit absent!.... mais peut-être
qu'au village on pourrait.... Marie!
Marie! criait-elle alors de toute l'é-
tendue de sa voix.

— Minna, lui dis-je alors en la retenant par la main, si vous voulez
que je reste, je vous en prie, ne faites
pour moi aucunes dispositions ex-

traordinaires, autrement je pars
sur-le-champ....

Elle s'arrêta aussitôt et dit timide-
ment : — Vous serez peut-être bien
mal, mais je ferai tout ce que vous
voudrez, pourvu que vous restiez.

La chose étant arrangée, nous nous
assîmes sous les tilleuls devant la
maison.

— J'ai vu, lui dis-je, tout ce que
vous appelez votre empire : vos bois,
votre ruisseau, votre vallée, votre
temple de feuillage ; et, dans le fait,
je trouve, Minna, que vous êtes riche, puisque vous savez jouir de tout
ce qui vous entoure ; mais, dites-
moi, où sont donc ces montagnes

bleues derrière lesquelles vous cher-
chiez votre ami par la pensée?....

Elle me conduisit sur une hauteur
derrière la maison. — C'est là-bas, me
dit-elle, en désignant l'ouest, mais
on ne peut les voir que par un jour
bien serein.

— Mais aujourd'hui, il fait si
beau !....

— Il y a un poète qui dit : *Le plus
beau jour n'est pas toujours le plus pur,*
dit-elle avec un accent un peu mélancolique ; mais celui-ci ! ah ! il est
bien le plus pur et le plus beau de
ma vie.... Je suis si contente,... si contente,... que je ne sais comment vous
le dire, monsieur, et pourtant je pen-

sais toujours au moment où je vous
verrais, à tout ce que je vous dirais
alors.... Mais, voyez-vous, la joie de
vous voir m'a fait tout oublier, tout,
excepté vous !

Ma voiture arriva dans ce moment,
notre entretien fut interrompu. J'a-
vais apporté quelques bouteilles de
vin vieux pour mon ami Reiche, et
Minna aida mon domestique à les
transporter à la cave. Pendant son
absence, je tâchai de dissiper le trouble inconcevable que cette charmante
créature, avec ses manières pleines
d'innocence, avait jeté dans mon
cœur. Je sentais qu'il fallait non-seulement me prémunir contre le char-

me dangereux qu'elle commençait à
exercer sur moi, mais encore que,
pour le bonheur de cette aimable
enfant, qui, accoutumée à ne suivre
que les impulsions d'une âme pure,
pourrait, et dans ses innocentes rêveries, concevoir peut-être quelque
penchant pour moi, il fallait contenir
mon admiration, et renfermer l'expression de ma bienveillance dans de
justes limites.

Georges détacha de derrière la voiture une petite caisse; elle contenait
des étoffes et quelques bagatelles
pour Minna ; mon domestique, qui
savait à qui je les avais destinées,
ouvrit tout de suite la caisse. Minna

y jeta un coup-d'œil, et s'écria, en sautant et frappant dans ses mains comme un enfant : — Oh! qu'il est bon! qu'il est aimable! voyez, il avait pensé à Minna!....

Et en disant ces mots elle me serrait les mains avec reconnaissance, et ne regardait pas même les parures que lui présentait mon vieux Georges.

Marie, c'était la servante, revint des champs, Minna rentra avec elle pour vaquer aux soins du ménage, et Georges me dit d'une voix émue : — Mon cher maître, il me semble que voici bien une demoiselle comme votre bon oncle vous en souhaitait une à votre départ. Ne disait-il pas :... La nature, l'innocence, la beauté,... comment donc?... enfin... que Dieu t'aide à la trouver mon fils ! disait-il. Si c'était le bon Dieu qui vous eût envoyé ici, monsieur?...

Ce propos me déplut, je regardai le bonhomme avec humeur, car Sidonie, Sidonie était toujours vivante dans mon âme; cependant ce mouvement fut de peu de durée, et je tendis la main au brave Georges, en songeant que mon oncle m'avait dit aussi que l'amour était un présent fait par l'auteur de la nature à l'innocence, à la jeunesse, à la beauté pour rendre les hommes meilleurs et plus heureux.

Minna vint m'annoncer le dîner et m'avouer avec un peu d'embarras qu'elle craignait qu'il ne fût un peu trop simple. Il se composait en effet d'une soupe au lait, de légumes, de pain noir, d'œufs frais, et d'un rayon de miel. Mais la blancheur éblouissante du linge, la propreté du service, le couvert de tilleuls qui nous garantissait de la chaleur du jour, et plus que tout cela le visage charmant, le langage animé de celle qui en faisait les honneurs, firent de ce simple repas un festin digne des dieux.

Le reste de la journée s'écoula pour moi d'une manière douce et rapide, entre la promenade et la conversation. Vers l'entrée de la nuit Minna me conduisit elle même dans la petite chambre qui m'était desti-née, et me souhaita un bon repos.

Je me mis à la fenêtre pour écou-ter le bruit du ruisseau ; les chants du rossignol, et observer les admi-rables effets du clair de lune sur ces belles masses de verdure ; mais le ciel sait comment il se fit que je ne m'oc-cupai que de Minna. Je n'avais en-core passé que quelques heures avec la jeune fille des bois, que son entre-tien, simple comme toute sa per-sonne, m'avait fait oublier l'univers ; je ne me rappelais pas d'avoir jamais

rencontré une innocence d'un caractère aussi élevé. Cette bienveil-
lancé gracieuse qui semblait faire
l'essence de son âme, donnait à sa phy-
sionomie quelque chose d'enchanteur, et que je n'avais vu qu'à elle;
cette liberté avec laquelle elle laissait
tous les yeux lire dans sa pensée, en
révélait toute la candeur. J'avais cru
jusqu'alors qu'une coquetterie fine
et tendre était un des plus puissants
attraits de la femme; chez Minna,
une céleste ignorance tenait lieu de
tout; parole, regard, soupir, rien
qui ne fût le produit d'un sentiment
naturel. Son extérieur offrait, comme une glace fidèle, l'expression la

plus vraie et la plus agréable de son âme.

Son éducation, dont elle me raconta les détails, expliquait assez bien ces prodiges; elle n'avait reçu d'autres principes, d'autres impulsions que de son père, que de sa tendre et pieuse mère. La nature l'avait bien douée, mais la culture avait développé en elle d'une manière heureuse les germes précieux qu'elle tenait de la nature; elle n'avait presque rien lu, et pourtant elle était fort instruite : son père avait coutume de lui faire des narrations tandis qu'elle travaillait auprès de lui. Parfois aussi il lui lisait quel-

ques passages de ses auteurs favoris,
et les lui traduisait à mesure; il lui
expliquait ces belles pensées; pourquoi tel mot avait été employé plutôt que tel autre; Minna apprenait
ainsi à sentir, à deviner ce qu'il y
avait de beau, de touchant, d'élevé
dans ces passages, à exprimer ses
pensées par un bon choix de mots.
Reiche, comme la plupart des philo-
logues, était un puriste; Minna, dès
l'enfance, avait été exercée à parler
et à écrire sa langue d'une manière
extrêmement correcte : l'explica-
tion du sens, les recherches sur
les synonymes, une grande sévérité
dans la construction grammaticale

étaient devenus autant de moyens de développer l'entendement de la jeune fille, exercices des plus importants dans l'éducation, et malheureusement des plus négligés.

Ces détails me firent comprendre comment cette jeune fille, élevée dans cette profonde solitude, s'exprimait avec l'élégance d'une personne élevée dans le monde; en même temps, pourquoi son style et son langage étaient empreints de cette simplicité antique et de ces formes sévères qu'on ne retrouve que dans les anciens auteurs. On n'y démêlait rien du goût moderne; car, de tout ce que la littérature allemande

a produit depuis deux siècles, Minna
ne connaissait que les odes sacrées
de Klopstock, qui faisaient partie de
la petite bibliothèque de son père.
Ces réflexions m'occupèrent une
partie de la nuit. Le lendemain, au
lever du soleil, je parcourus le délicieux vallon et les bois d'alentour.
L'heure du déjeûner me ramena
près de Minna, qui, gaie, vive et ma-
tinale comme l'allouette, remplissait
la maison de ses chants. Cent fois,
pendant la journée, je me crus trans-
porté au Paradis terrestre ; et, près
de cette fille, plus belle et plus sé-
duisant que la mère des hommes,
je sentis qu'il était peut-être bien

imprudent à moi de rester ainsi tout
seul avec elle pendant l'absence de
son père. Quand ces idées, auxquelles mon cœur ne trouvait point
de solutions , me tourmentaient,
l'innocente et charmante fille , té-
mérairement inquiète, me demandait à quoi je pensais ; je me taisais,
ne sachant comment lui cacher mon
trouble, et ne pouvant lui répondre.

Nous visitâmes ensemble tout ce
qu'elle appelait *ses trésors* : le tombeau de sa mère, son dôme de chê-
ne, dont elle a fait un temple orné
de toutes les fleurs du printemps,
son bosquet favori, t le siége de ga-

zon que son père lui avait élevé sur
la colline. Dès sa tendre jeunesse, sa
mère, qui était une femme pleine
de courage et d'activité, lui avait
appris à tirer parti des ressources de
leur position. Ainsi Minna avait en-
semencé au bout du jardin un petit
champ qui fournissait du lin à sa
quenouille; plus loin, sous l'ombre
d'un verger, broutait un petit troupeau de moutons ; dans un autre
champ, que sa mère avait défriché
elle-même, croissait le bled et les
pommes de terre pour leur provi-
sion, et les grains pour les poules
et les pigeons; une couple de vaches
paissait dans la prairie; enfin des

tiges de houblon s'élevaient en rem-
pant jusqu'à la tige des arbres, et
fournissaient à leur bière son parfum
et son amertume salutaires.

— Mais savez-vous, chère Minna,
lui dis-je à la vue de tous ces biens,
résultats d'une vie patiente et active,
savez-vous qu'en effet vous êtes plus
riches que ne le sont ceux qu'on qua-
lifie ainsi?...

— N'est-il pas vrai? répondait-elle
avec un regard étincelant. On dit
pourtant que la place de mon père
est bien peu productive, car son
prédécesseur y est mort de misère.
Et pourtant nous y avons toujours
vecu heureux. Oui, je crois que nous

sommes vraiment riches, puisque
nous possédons tout ce que l'homme
désire. Les appointements de mon
père sont employés à l'acquisition
des objets que l'on ne peut se procurer dans ce petit vallon ; et, comme nos désirs sont modérés, cette
somme, quelque médiocre qu'elle
soit, suffit à nos besoins. Enfin........
nous serions parfaitement heureux,
si mon père ne portait quelquefois
son regard avec inquiétude sur l'a-
venir... C'est pour moi, je le sais.
Oh! pourquoi s'inquiète-t-il de
mon sort? (Et à ces mots un céleste
sourire brilla dans ses traits.) Je
sens maintenant dans mon âme un

bonheur qui me semble devoir être indestructible, les espérances de la vie m'enveloppent de leurs guirlandes fleuries, comme ces jeunes chèvrefeuilles entourent les jeunes rejetons de ces arbres. Je m'aperçois à peine que je vis sur une terre passagère, tant je me livre avec confiance à l'avenir. Le monde s'offre à moi sous l'aspect délicieux d'un printemps éternel; et mon vallon me semble peuplé d'êtres angéliques, occupés à me préparer les songes les plus doux et à les accomplir en effet... Depuis quelques temps surtout, je ne sais quel désir doux et pieux s'élève de mon âme attendrie, ùn désir qui n'a pour objet rien de terrestre ; alors...

Ici elle se tourna vers le tombeau de sa mère, près duquel nous étions arrêtés, et continua d'une voix tremblante et pleine d'émotion : — Alors il me semble que ma mère sort vivante de ce lit de fleurs, qu'elle m'apparaît entourée de lumière, qu'elle m'appelle par mon nom : Minna ! chère Minna !... Alors il me semble que la mort même serait pour moi douce et riante, ou plutôt que j'ai déjà quitté la vie, et que je retrouve ma mère au séjour des bienheureux...

En disant ces mots, elle porta son

tablier sur ses yeux, tout baignés de larmes. Tandis qu'elle restait cachée sous ce voile, je pensais et disais en moi-même : — Quel mortel serait digne de mêler les émotions de son amour à celles de cette céleste innocence? Et en même temps , à l'enthousiasme qui purifiait mon âme de toute pensée terrestre, je sentais que j'en eusse peut-être été digne si..... Mais j'aimais encore Sidonie. Cette fière beauté exerçait encore sur moi une puissance indestructible, en dépit de tous les sentiments de sympathie que m'inspirait la jeune et innocente fille des bois.

Reiche arriva ; Minna courut au-

devant de lui ; et, au milieu des
transports de la joie la plus vive et
la plus tendre, elle lui apprit que
j'étais à Holzeck depuis trois jours.
Le père sourit à cette nouvelle avec
autant d'ingénuité que sa fille en
avait mis à la lui apprendre. Il vint
à moi, serra mes mains dans les sien-
nes, et, ni parole, ni regard, rien ne
manifesta en lui l'ombre d'une pensée qui pût être injurieuse à la confiance que sa fille avait eue en moi.

Il en fut de même tout le temps de
mon séjour à Holzeck, que je pro-
longeai de plus d'un mois. Chaque
jour, au retour des longues promc-
nades que je faisais avec Minna, son

père nous recevait avec la même bienveillance ; aucune question relative à nos tête-à-tête ne troublait la douce sécurité dont je jouissais auprès d'elle. Cependant, en voyant l'affection de Minna pour moi s'accroître de jour en jour, et craignant que ce sentiment fondé sur la reconnaissance ne devînt fatal à son repos, je résolus de ne pas prolonger mon séjour plus long-temps à Holzeck. Ah ! je ne connaissais pas encore le charme le plus divin de l'innocence ! cette confiance exempte de toute espèce de trouble et de soupçon ! L'amour, tel que nous le connaissons, même le plus pur, serait-il donc

empoisonné par la propre culpabi-
lité de notre cœur ! L'amour, chez
Minna, était cette tige de lis, blanc
et pur comme la neige, exhalant le
parfum le plus suave, symbole d'une
pureté céleste, que l'imagination du
Guide a placée aux mains d'un ange.
Dans cette douce passion, qui pourtant était devenue sa vie, on ne démêlait aucune trace de cette inquiétude
à la fois douce et poignante, qui jette
à tous moments notre âme du ravis-
sement au désespoir ; point de ces
désirs tumultueux qui portent une
flamme étincelante dans les yeux,
qui colorent le front d'une rougeur plus vive, et donne aux artères

un mouvement si rapide! L'amour,
chez Minna, ne lui coûtait aucun effort, aucun sacrifice ; on eût presque
dit que cet amour n'était pour elle
qu'une vertu de plus, dont l'exercice
la rendait meilleure et plus heureuse.

Une fois la conversation roulait
sur les soins de l'avenir ; Reiche par-
la de la possibilité d'un mariage
pour sa fille avec un jeune forestier des environs, qui avait paru
distinguer Minna. Je ne sais pourquoi cette supposition me boule-
versa. Minna était présente à l'entretien ; elle sourit d'une manière charmante en entendant son père parler

de cette espérance comme d'une chose heureuse pour lui et pour elle, mais elle n'y donna pas de suite. Je pensai alors avec un certain trouble de cœur, que peut-être elle aimait ce jeune homme, que les devoirs de son état amenaient assez souvent à Holzeck. Le hasard voulut que précisément il vînt ce même jour. Minna le reçut avec sa grâce accoutumée, lui témoigna même de l'amitié, mais rien de plus : il était clair comme le jour que ce jeune homme lui était tout-à-fait indifférent.

Un mois s'était passé de la sorte. J'aimais Minna comme une sœur, comme une amie, comme un être aimable et charmant; et, en même temps, ô bizarrerie du cœur de l'homme! Sidonie régnait toujours dans mon cœur; quand je reportais vers elle ma pensée, quand je songeais à la revoir, j'éprouvais cette joie convulsive et pleine d'angoisses, cette passion brûlante, opiniâtre, mélange indéfinissable d'inquiétudes, de tourments, d'insatiables désirs, en un mot, j'aimais Sidonie comme on aime une femme, et Minna comme on adore un ange.

Toutefois la raison et les considérations que j'ai dites plus haut m'engagèrent enfin à quitter Holzeck :

Minna entendit fixer le jour de mon départ sans trop d'émotion, et, tout en s'occupant d'en faire elle-même les apprêts, elle me dit qu'elle allait bien penser à moi, dans le temple, dans la prairie, sur les côteaux, partout où nous avions été ensemble.
— Je veux consacrer tous les jours quelques instants à vous écrire, ajouta-t-elle, car, écrire, c'est presque parler, et si, en réponse à tout ce que je vous enverrai chaque mois, il vient un petit mot de vous, Steuerwald, continua-t-elle dans son poétique langage, ce sera pour moi comme quand les premiers zéphirs viennent annoncer à notre vallon l'arrivée du printemps.

Elle fut gaie comme un enfant jusqu'à l'instant où la voiture et les
chevaux s'arrêtèrent devant la maison, et que je pris congé du brave
Reiche; je le remerciai avec effusion
des doux moments que j'avais passés
dans son élysée. Au moment où je
m'avançai vers Minna, je la vis tout-
à-coup fondre en larmes.

— Eh bien! Minna, lui dit son
père, jusqu'à présent j'admirais ton
courage, en manquerais-tu maintenant?....

— Ah! répondit-elle, en pleurant
avec violence et en pressant son cœur
de ses deux mains comme si elle eût
éprouvé une douleur aiguë, il me

semble qu'une main glacée, puissante, terrible, sépare nos deux cœurs.... O mon père, s'il ne devait plus revenir! oh, s'il allait ne revenir jamais!....

Son amour éclatait sans contrainte ainsi que sa douleur. Je la pris dans mes bras, et lui dis les mots les plus tendres; mais elle ne répondait point, elle demeurait appuyée sur ma poitrine, désolée, inconsolable; cet ange était devenu une femme tendre et passionnée.

Avec ses pleurs je sentis l'amour le plus pur comme un torrent se répandre dans mon sein. Je me promis de revenir dans ce lieu où je

laissais un tel trésor ; je sentais con-
fusément que mon oncle avait eu
raison en disant, que la nature avait
fait présent de l'amour à l'innocence
plus encore qu'à la beauté. Eh ! qui
réunissait plus que Minna les charmes de la beauté à ceux de l'innocence !

Je m'arrachai enfin de ses bras,
et en murmurant d'une voix étouffée
par ma vive émotion : — Oui, je re-
viendrai !... je montai dans ma voiture. J'entendis ses derniers sanglots,
les derniers adieux de son père ; et
quand le côteau m'eut dérobé la
vue de ce tranquille séjour, je crus
sentir aussi comme Minna une main

glacée, puissante, terrible, qui sé-
parait nos deux cœurs.

—

Continuation.

Pendant long-temps la jeune et
vive bergère, avec sa taille svelte, sa
démarche gracieuse, sa brune chevelure couronnée de fleurs, erra devant mes yeux. Je la voyais aux bords
du ruisseau, dans le champ de bled,
près du foyer, dans le temple de
feuillage, au tombeau de sa mère,
où elle allait cultiver les fleurs chaque jour, partout, m'offrant en
quelque sorte la couronne fleurie

d'une vie heureuse et tranquille;
mais peu à peu l'image imposante
de Sidonie, ce front noble, et qui
semblait digne du diadême, cette
bouche fière, ces yeux d'un azur
foncé, où se manifestait une âme
puissante, ternissaient peu à peu
celle de la simple fille d'Holzeck.
Le regard sérieux de Sidonie, calme
mais sévère comme une nuit étoilée,
s'attachait sur moi avec l'expression
du reproche; ce langage éloquent,
mystérieux, jetait une sorte de re-
mords dans mon âme. Le souvenir
de Minna était comme celui des joies
pures de la jeunesse; le souvenir
de Sidonie comme l'image d'un

songe de bonheur évanoui sans retour. Cependant elles étaient toutes
deux placées si près l'une de l'autre
dans mon cœur que, sans m'en apercevoir, j'en vins à m'avouer que je
les aimais toutes deux. La destinée
du comte de Gleichen, avec ses deux
épouses, me revint à l'esprit, et je
me livrai à ces désirs vagues, à ces
espérances sans nom, à ces projets
fantastiques, fruits d'une imagination délirante que les jeunes cœurs
connaissent, et que le monde et la
vie ne réalisent jamais.

Cependant, plus je m'éloignais
d'Holzeck, et plus forte devenait l'impulsion qui m'attirait vers le lieu

qu'habitait Sidonie. J'y résistai pendant quelque temps, mais pour y céder plus complétement ensuite ; car, après avoir erré dans les pays circonvoisins, je pris un jour la poste, et dans vingt-quatre heures j'arrivai à Greifenberg. Mon absence avait duré plus de six mois.

Pendant ce temps un événement fâcheux était arrivé dans la famille, et y avait apporté quelques changements : le vieux comte était mort, et avec lui s'était écroulé le plan, si long-temps caressé par lui, de donner un nouveau lustre à sa maison par le mariage de sa fille avec l'héritier d'une maison princière. Sidonie était donc libre encore !...

Je crus devoir faire une visite de
politesse au château pour témoi-
gner, comme voisin, la part que je
prenais à cet événement. La manière
dont on m'y reçut dut me causer
quelque surprise, tant elle était affectueuse, et dépouillée de cette mor-
gue qui semblait faire partie du caractère habituel de la famille. La
comtesse de Forbach était alors à
Greifenberg. La présence de celle qui
m'avait toujours été favorable, me
parut d'abord suffisante pour expliquer l'aimable accueil que je rece-
vais; mais le jeune comte, le frère
de Sidonie, augmenta encore ma
surprise, quand, après les pre-

miers compliments, il me dit d'un
air tout-à-fait amical, et regardant, en souriant d'un air signifi-
catif, sa femme et sa tante : — Voilà
qui est singulier ! vous arrivez ici
en même temps que Sidonie ! car
elle a passé trois mois à Hochleben ;
on croirait que vous vous entendez..
Est-il vrai ?...

Cette question me troubla singu-
lièrement. Elle me faisait pressentir
un grand changement dans les opinions et peut-être les vues du comte
à l'égard de sa sœur. Je balbutiai une
réponse insignifiante ; et, tandis que
le comte avec beaucoup d'empressement faisait appeler sa sœur, je m'ap-

prochai de madame de Forbach, qui
m'avait toujours témoigné beaucoup
d'intérêt. Elle se mit à causer avec
moi sur le ton de l'amitié, et de manière à me ramener aux plus ravis-
santes espérances.

— La mort de mon frère, dit-elle,
a changé tous nos projets relative-
ment à Sidonie ; cette jeune fille
n'est point comme une autre, et son
bonheur nous est trop cher pour
l'exposer aux hasards d'un mariage
purement de convenance..... Nous
avons d'autres vues pour elle..... En
attendant, monsieur Steuerwald,
croyez bien que maintenant vous
n'avez ici que des amis vrais...

Tout en écoutant ce discours, si bien fait pour remplir mon cœur de joie et d'espérances, je ne pouvais m'empêcher de tourner les yeux du côté de la porte; elle s'ouvrit enfin, et Sidonie parut.

En entrant elle s'inclina vers moi, mais d'un air si sérieux, si froid, et, le dirai-je, presque étrange.... oui, étrange! Ce mot convenait à l'expression glaciale de son regard.... Et pourtant, la veille, Ludwig m'avait raconté que pendant ma maladie Sidonie était venue elle-même me visiter sur mon lit de mort, et qu'elle avait déposé un baiser sur mes lèvres décolorées.... Ainsi, ce que j'avais cru l'effet d'un songe ou du délire était une réalité; et maintenant, en m'abordant, ses yeux n'avaient pour moi qu'une expression glacée..... étrange !.....

Cependant le plaisir de la revoir, les paroles de la comtesse me firent d'abord passer sur cette circonstan- ce. Je m'approchai de Sidonie avec vivacité, et, agité de la joie vive et tumultueuse que cause toujours la vue de celle qu'on aime, je lui baisai la main. Elle reçut cette poli- tesse autorisée par l'usage, mais à laquelle l'amour pouvait donner tant de prix, avec la même dignité froide et pleine de fierté qui m'avait jadis causé tant de douleurs.

Néanmoins je ne me laissai décon-
certer ni par cet accueil, ni par le
regard de la comtesse de Forbach,
où se lisait l'expression de la surprise
et presque du mécontentement. Je
dis à Sidonie : — Est-ce un heureux
hasard ou notre bon génie qui nous
ramène à Greifenberg au même instant ; votre frère me demandait si
nos cœurs s'étaient entendus : à mon
tour, je vous le demande, comtesse !.... En lui parlant ainsi, ma voix
était tremblante d'émotion, et mon
regard devait peindre tout mon bonheur. Penché vers elle, j'attendais
sa réponse.... Un sourire de triomphe parut sur ses lèvres.... O Sieg-

mund! ce sourire n'était pas celui
de l'amour, mais bien d'une vanité
satisfaite et victorieuse; son regard
étincelant était d'accord avec ce cruel
sourire; on eût dit qu'elle jouissait
malignement de mon trouble, et
qu'elle se plaisait à le prolonger par
un silence équivoque. Ce regard, ce
sourire firent sur mon cœur l'effet
de l'eau glacée que l'on jette sur un
vase ardent pour le briser. — Je me
suis trompé, dis-je en moi-même
avec une douloureuse amertume, et
je me retirai.

Deux jours après, la comtesse de
Forbach vint me voir; nous nous
promenâmes ensemble dans la cam-

pagne, et elle amena la conversation
sur les devoirs établis par la société.
Quoique la comtesse fût adroite et
spirituelle, comme elle avait déjà
traité plus d'une fois ce sujet avec
moi, je m'aperçus facilement qu'elle
cherchait à sonder mes opinions
à cet égard. Rien ne s'opposait à ce
que je lui fisse hautement ma pro-
fession de foi, mais, en la faisant, je
mis dans mon expression peut-être
un peu plus d'énergie que de coutume, parce que je croyais entrevoir
le but de la comtesse en me faisant
ces questions; quand je l'eus termi-
née, elle me dit :

—Vous êtes fier, monsieur Steuerwald, ou du moins vos paroles l'annoncent...

— Il est des circonstances, madame, répondis-je gravement, où il est convenable de montrer sa fierté.

— Le plaisir de la montrer révèle aussi une défiance injurieuse pour la personne avec laquelle on s'explique...

Je m'inclinai sans répondre, car en effet j'éprouvais de la défiance.

Elle me regarda fixement:— J'aurais désiré vous inspirer un sentiment contraire, monsieur Steuerwald, mais non l'exiger de vous...

— Vos constantes bontés pour

moi, madame, pourraient comman-
der ma confiance dans tout autre
occasion, mais ici les conseils de l'a-
mitié même me deviennent inuti-
les... Tout ce que je puis vous dire,
c'est que si je suis malheureux, je
ne suis point coupable...

— Que voulez-vous dire? en quoi
pourriez-vous être coupable?...

— En conservant des espérances
qu'un sourire orgueilleux a dû dé-
truire...

— Ah! comment prouverez-vous
cette accusation? dit-elle avec un
peu d'embarras.

— Je le pourrais,... et avec d'autant plus de douleur, que j'avais osé

concevoir quelques espérances.....;
que d'ailleurs vous-même, madame,
vous aviez daigné encourager...

— Je ne m'en défends point, et
mes discours dans ce moment doi-
vent vous prouver que rien n'est
changé à cet égard...

Elle me regarda avec une sorte
d'inquiétude : — Je pense, ajouta-t-
elle vivement, que vous n'ignorez
point quels sentiments vous avez in-
spirés?...

— Il ne tenait qu'à elle que je ne
fusse pas en doute à ce sujet... Et
puis à quoi se fier quand les actions
démentent, je ne dirai pas les paroles, ajoutai-je avec un rire amer,

car elle ne m'a rien dit, et elle est
bien décidée à ne me dire jamais
rien..., mais les espérances *occultes*,
dirai-je, qu'elle m'a permis de concevoir..... Éprouver un sentiment
n'est pas y céder ; je ne sais ce qu'elle
attend de moi, mais je crois que je
n'ai qu'un sacrifice à faire, c'est celui de me taire jusqu'à ce qu'il lui
plaise de parler...

— Faut-il donc vous faire tous les
autres, monsieur ?

— Décidez vous-même, madame,
prononcez entre mes devoirs et mes
sentiments...; je ne voudrais pas perdre la moindre portion de votre estime...

— Tenez, mon cher monsieur, nous faisons ici de la diplomatie, et cela ne vous sied pas plus qu'à moi; restons-en là : tant que vous conserverez dans votre cœur une injuste défiance, nous ferons bien, vous, de garder le silence, et moi, d'imiter votre prudente réserve.

Elle mit beaucoup de vivacité en prononçant ces mots; je ne sais si elle était piquée ou embarrassée de la tournure que prenait la conversation, mais elle la rompit sur-le-champ, et se mit à parler d'autres choses. Cela me fit plaisir, car si j'étais aimé de Sidonie, à quoi bon des intermédiaires entre nous? si je

ne l'étais point, dans quelles vues
vouloir m'arracher mon secret?...
Je l'aimais avec d'autant plus de
passion, que l'espoir était rentré
dans mon cœur; mais la différence
de nos rangs, l'aversion naturelle de
nos familles, et je ne sais quel point
d'honneur m'ordonnait de laisser
l'initiative à Sidonie dans toute cette
affaire; je ne voulais dérober, ni sa
main à ses parents, ni son cœur à
elle-même; enfin, tout en atteignant
d'une manière inespérée le but de
mes désirs, j'étais le plus malheureux des hommes, car mon âme se
trouvait partagée par tout ce que
l'espérance peut concevoir de plus

doux, et tout ce que l'honneur de l'homme connaît de plus sévère.

SIDONIE A LA COMTESSE DE FORBACH[1].

Greifenberg.

Mon amie, aviez-vous donc raison quand vous me disiez avec cet accent prophétique qui me faisait sourire : — « Ne te joue point d'un » amour sincère ; laisse-là toutes ces

---

[1] Nous supprimons quelques lettres auxquelles celle-ci fait allusion, et qui n'étaient que le développement des idées contenues dans cette dernière.

(*Note du Traducteur.*)

» formes diplomatiques, propres seu-
» lement à tromper les trompeurs....
» Ne mets point ce cœur généreux à
» l'épreuve, il se brisera sous ta main
» téméraire et cruelle..... »

O ma tante ! aviez-vous donc raison ?... Il est parti ! parti encore un
fois brusquement sans prendre
congé : je ne comprends rien à cet
homme-là....

Malgré ma feinte froideur, il se
rapprochait de moi chaque jour;
son regard, le son de sa voix, toujours émue en me parlant, tout révélait son amour, et plus d'une fois,
dans nos promenades, ou pendant les
courts tête-à-tête que je savais lui

ménager, sa bouche, jusqu'alors si
opiniâtrément muette, laissait échapper des demi-aveux... Oh! que de
fois alors, oubliant mes serments, je
fus prête à me précipiter dans ses
bras, et à lui dire : — Bannissons
toute feinte, toute contrainte; tu
m'aimes! je suis à toi!... Mais j'avais fait à mes parents la promesse
de le laisser dans l'incertitude sur
mes véritables sentiments, jusqu'à
ce qu'il eût consenti à prendre des
lettres de noblesse, seule condition
exigée par eux pour admettre un
Steuerwald dans la famille. Mon
frère, qui, vous le savez, a pour moi
la tendresse d'un père, profita d'une

occasion pour sonder ses dispositions à cet égard; Steuerwald ne
parut point éloigné de nos vues, et
même il blâma son oncle d'avoir jusqu'alors refusé du prince cette dis-
tinction honorable. Mon frère, en
nous contant ceci, vit la joie briller
dans mes yeux; il sourit, m'embrassa, et, posant sa main sur mon
cœur agité : — Je veux, dit-il, faire
le bonheur de ce cœur, si fier et
pourtant si tendre!...

Le lendemain il va trouver Steuerwald; il lui dit, avec la sincérité que
vous lui connaissez, qu'il est instruit
de son amour pour moi. — Mon
amour pour la comtesse Sidonie !

s'écrie d'abord Steuerwald, tout troublé, oubliez-vous, monsieur le baron,
que votre naissance, la mienne....
— La vôtre est honorable, interrom-
pit mon frère : mon père, il est vrai,
avait d'autres projets pour ma sœur,
mais nous préférons son bonheur à
tout le reste ; d'ailleurs, il est un
moyen de tout concilier.....

Steuerwald, éperdu, se jette alors
dans les bras de mon frère ; celui-ci
le presse contre sa poitrine, et lui révèle mes sentiments secrets. Steuerwald, dans tout l'enivrement d'une
joie vive, se fait répéter cette assurance. Mon frère entre, à ce sujet,
dans quelques détails afin de le con-

vaincre, et termine enfin par la proposition d'effacer entre nous toutes
distances, au moyen des lettres de
noblesse.

A cette proposition, Steuerwald
s'est relevé, et ses regards sont devenus sombres.

— Songez, dit mon frère, que Sidonie vous aime, et que c'est le seul
sacrifice qu'elle exige de vous?

— Eh quoi! Sidonie! demanda
Steuerwald, en regardant mon frère
d'un air étrange.

— Oui, c'est la seule condition
qu'elle met à son consentement à
s'unir à vous....

— Quoi! une condition? et vous
êtes chargé.... Sidonie exige....

— Elle en a le droit; vous con-
venez vous-même qu'une distance
réelle....

— Oui, je sais.... mais Sidonie
veut....?

— Elle désire, en vous épousant,
porter le titre de baronne de Steuerwald....

Il écoutait, et son regard pensif
demeurait attaché sur la terre; il
secouait de temps en temps la tête,
comme quelqu'un qui assure une
résolution; enfin il rompit le silence.

— Je suis si surpris, si troublé,
monsieur le baron, si hors de moi....
Sidonie m'aime, dites-vous?.... O
ciel! être aimé de Sidonie! ce bon-

heur est au-dessus des forces de mon âme! et j'ai besoin....

Il pressa vivement la main de mon frère; des larmes de joie baignaient ses yeux.

— Il faut que je reprenne mes sens, dit-il en s'éloignant, je vous reverrai....

Mon frère revint au château; il nous rapporta cet entretien. — Ainsi tu dois t'attendre, me dit-il, à le voir accourir d'un moment à l'autre, enivré de joie et d'amour, déposer à tes pieds son hommage....

En écoutant mon frère, mon cœur se gonflait de joie et d'orgueil, et mes yeux se tournaient instinctivement du

côté par où Steuerwald avait coutume
d'arriver ; et pourtant je sentais, de
minute en minute, comme un poids
énorme s'amasser sur mon cœur....
Cette condition, imposée comme un
sine qua non, me causait une secrète
inquiétude, et cependant je n'aurais
pas voulu qu'elle fût écartée, car
elle satisfaisait à toutes les exigences
de mon rang, en même-temps qu'elle
m'était comme la garantie de mon
pouvoir sur Steuerwald.

J'attendis tout le jour ; il ne vint
point, et le lendemain nous apprî-
mes qu'il était parti dans la nuit
même....

Huit jours après, mon frère reçut

de lui une lettre polie, mais dans laquelle il ne faisait nulle mention de ce qui s'était passé; seulement il s'excusait de son départ précipité, sur des ordres que le prince lui avait fait transmettre par son oncle.

Ma belle-sœur, que l'idée d'une noce prochaine amusait beaucoup, est fort contrariée de ce contretemps; mais comme lorsqu'elle a un projet en tête elle n'y renonce point volontiers, elle assure que ce départ et cette lettre si froide ne signifient rien du tout; elle va jusqu'à vouloir me persuader que Steuerwald a prétexté des ordres du prince pour se rapprocher de la cour, et solliciter ce

que nous attendons de lui; elle me
flatte, me caresse, m'encourage à
bien espérer. En effet, quelquefois je
pense...; qui sait?....il est si bizarre.
Mais cette lueur d'espoir ne dure
qu'un moment, une angoisse continuelle remplit mes yeux de larmes
et mon sein de soupirs. Je suis malade, ma chère tante, malade de
corps et d'esprit; personne ne com-
prend ici mon chagrin, et pourtant
toute ma famille m'aime. Mon oncle,
le général Raimbow, a passé ici quelques jours; on lui a conté toute l'affaire : il n'en a fait que rire, et jurer
que s'il eût été ici, les choses ne se
seraient point passées ainsi. Tous me

consolent, et voudraient me voir heureuse à leur manière ; c'est, je le sais, ce sentiment d'affection pour moi qui les a fait passer avec tant d'indulgence sur les incartades du caractère de Steuerwald. Ah! je porte en moi seule la cause de mes souffrances! Pourquoi avoir mis cette fatale condition, et c'est mon orgueil seul qui l'a imposée!... En mettant moi-même un prix à mon amour, j'en ai donné la mesure!.... Ah! je crains bien d'avoir encore une fois joué le bonheur de ma vie!.....

SIDONIE A LA COMTESSE DE FORBACH,

QUATRE MOIS APRÈS LA PRÉCÉDENTE.

Des Bains de T***.

Ma mère! mon amie! tout est fini
pour moi. Il m'a trompée, horrible-
ment trahie! O le plus méchant, le
plus fourbe, le plus cruel de tous
les hommes!... Ennemi implacable
de ma maison, il a exercé contre elle
une atroce vengeance; et c'est moi,
moi qu'il a choisie pour victime!...
Le monstre! il me semble entendre
d'ici son rire infernal et moqueur!..
Je vole vers vous, ma tante...

Continuation.

Je ne puis partir! ma belle-sœur est malade, je suis contrainte d'attendre l'arrivée de mon frère, qui doit venir nous rejoindre ici... Ah! ne pouvant verser mes larmes amères dans votre sein, il faut que je confie au papier l'affreuse trahison: écoutez...

J'étais depuis deux jours aux eaux de T***, quand je vois tout à coup arriver Steuerwald... A son aspect, émue de surprise et de joie, j'oubliai subitement ma colère, mes chagrins, mes ennuis. Il se repentait sans doute de sa brusque fuite; il revenait à

moi confus, mais tendre, et prêt à
réparer ses torts,.. que sait-on? Peut-
être avait-il rempli la condition vou-
lue,... il m'avait peut-être cherchée
à Greifenberg et suivie à T***. Seulement il était évident qu'il ne voulait
pas se faire d'abord connaître, car il
portait son chapeau fort enfoncé sur
ses yeux ; peut-être redoutait-il les
reproches de ma belle-sœur ; il voulait me voir d'abord, et tenir de moi
seule, et non de la bouche de mon
frère, l'assurance d'être aimé........
Telles étaient les folles illusions
dont se berçait mon cœur, si facile à
tromper... Il y avait si long-temps
que je ne l'avais vu ! Il me semblait

si beau, sa taille si noble, sa démarche si imposante, que, malgré
tous les griefs qui eussent dû m'ar-
mer contre lui, j'aurais volé au-de-
vant de lui, si je n'eusse été accom-
pagnée de mon oncle le général,
dont je redoutais les railleries. Je
renfermai ma joie. Arrivée à l'hôtel,
j'apprends que le jeune Steuerwald
y était descendu, et qu'il avait choi-
si la chambre voisine de la mienne.
Je demande à ma sœur si elle savait
qui occupait cette chambre; elle me
fait une réponse qui me parut plus
évasive que sincère, et contribua à
me jeter dans de fausses conjectu-
res

Il se faisait tard ; on nous appela pour souper dans la chambre de mon oncle. Ma sœur me regardait avec un certain air de mystère et d'amitié ; mon oncle m'embrasse, et le cœur commença à me battre quand je les vis sourire entre eux d'un air d'intelligence. En prenant ma serviette, je trouvai sur mon assiette une couronne de feuilles de myrte, entourée d'un magnifique collier de perles fines.

A cette vue, je rougis, je tremblai, et des larmes de joie baignèrent mes yeux.

— Eh bien, ma petite nièce, s'écria le général, avec ce ton jovial que vous lui connaissez, n'ai-je pas deviné juste la parure qui t'est nécessaire?.....

Je tournai les yeux vers ma sœur; elle souriait d'une manière énigmatique.

—Ah, c'est ainsi, petite nièce, continua mon oncle, que tu fais tes petits arrangements en secret; et moi aussi, comme tu le vois...

—Mon cher oncle, dis-je, toute déconcertée de cette plaisanterie, je vous assure que je ne sais ce que vous voulez dire.

— Comment! tu ne lui as pas donné rendez-vous ici? Oses-tu le nier, petite rusée?...

— En vérité, mon oncle, j'ignore
entièrement...

— Oh! c'est bien avec moi qu'il
faut faire toutes ces petites façons...
Laisse de côté, je te prie, tout ce
manége. Ton frère et ta sœur m'ont
raconté toute l'histoire, et je me suis
dit : Il est temps que cela finisse!
Tu l'aimes, n'est-ce pas? et il t'aime
aussi? voilà le principal. J'ai deman-
dé carte blanche à ton frère, et me
suis résolu à terminer l'affaire à la
hussarde, *presto! presto!*.... J'ai
prévenu le pasteur; le jeune homme
loge, dit-on, dans cette maison ; et,
si j'avais pu le joindre ce soir, je
l'aurais engagé à souper avec nous,

— Mais, mon oncle, m'écriai-je, que voulez-vous donc? Songez-vous bien que Steuerwald n'a pas même répondu à l'offre de mon frère...

— Ta, ta, ta! dit l'oncle impatienté, je sais ce que je sais... Il y a trois jours que j'ai parlé au président Steuerwald, qui, me croyant au fait de l'affaire, m'a dit que, pour lever toute difficulté, il sollicitait dans ce moment auprès du prince des lettres de noblesse pour son neveu, et que le jeune homme, un peu fier, mais amoureux comme un fou, accepterait volontiers un moyen honorable de souscrire aux vœux de la famille de Greifenberg.

— Mais, au nom du ciel, mon
cher oncle, dis-je, le cœur délicieu-
sement ému, pourquoi ne vient-il
pas lui-même? pourquoi cet inco-
gnito! pourquoi...

— Ah! pourquoi, pourquoi?
Sans doute, et peut-être pourrais-
tu nous en dire là-dessus plus que
tu ne voudrais. Mais laisse faire,
j'ai un plan superbe, qui ménagera
les amours-propres, les susceptibili-
tés, la délicatesse exquise;... que
sais-je? et tout ce diable d'attirail
dont vous autres gens à sentiment
vous affublez les vôtres...

— Eh bien! ce plan? dis-je impa-
tientée à mon tour.

— Le voici, mon enfant : demain matin je fais appeler ton amant, le pasteur sera là, et, en présence de ta sœur et de moi, le jeune homme, surpris, ravi, enchanté, recevra ta main, dussent les lettres de noblesse ne venir qu'après la noce...

J'entendis à peine ces derniers mots, une joie vive et rapide m'avait presque fait perdre connaissance ; je tombai dans les bras de ma belle-sœur, qui m'embrassa en pleurant, et me dit que cette union était maintenant le vœu de toute la famille, à qui mon bonheur était cher. Arrivée d'une manière si soudaine au but de tous mes désirs, je croyais

rêver, et je répétais avec une sorte
d'égarement : — Je suis heureuse !
oh oui ! trop heureuse !

— Bien ! bien ! dit mon oncle tout
attendri, voilà comme je te voulais,
ma bonne Sidonie ! Livre ton cœur
à cette joie si naturelle à toute jeune
fille dans ta position. Le titre de cha-
noinesse noble que tu possèdes est
fort bon pour paraître à la cour et
te faire admettre dans les cercles de
la haute noblesse de l'empire ; mais
vois-tu, mon enfant, l'amour ne se
pare point des ordres de l'Éléphant
ni de la Toison-d'Or ; des larmes
sincères, des joues enflammées, des
lèvres tremblantes, un sein palpi-

tant, voilà ce qui le touche et l'intéresse. Si Steuerwald t'avait vue
une seule fois comme je te vois
maintenant, il ne se fût jamais éloigné de toi....

Il ajouta d'autres réflexions moins
graves et plus d'accord avec son
humeur enjouée et railleuse ; vous
le connaissez, ma tante, il s'anima
de plus en plus, et m'obligea à
lui faire raison d'un ou deux verres de vin de Champagne pour cé-
lébrer, disait-il avec gaîté, la veille
de mes fiançailles. Je cédai ; la joie,
l'espoir, et deux verres de ce doux
breuvage excitèrent en moi un trouble que je n'avais jamais ressenti. Nous

nous étions mis à table fort tard ; il était près de minuit quand je montai dans ma chambre ; j'éprouvais une émotion, une chaleur extraordinaire. Sentant que je chàncelais, je me déshabillai à la hâte et me jetai sur mon lit. Tout à coup.... O trahison !... non ! chère tante ! je n'acheverai jamais cet horrible récit.... Qu'il vous suffise de savoir que je suis perdue, perdue à jamais ! et que je n'ai d'autre désir que d'aller cacher dans vos bras ma honte et ma douleur.

FIN DU DEUXIÈME VOLUME.

ON TROUVE CHEZ LE MÊME LIBRAIRE :

LA VIERGE D'ARDUÈNE, traditions gauloises, ou Esquisses des mœurs et usages de la nation avant l'ère chrétienne; par madame Élise Voïart, 1 vol. in-8°, figures. Paris, 1822 : Prix, 4 fr. 50 c.